R. P. Ritter

Düstere Geschichten

Bibliografische Information der Deutschen Nationalbibliothek:

Die Deutsche Nationalbibliothek verzeichnet diese Publikation
in der Deutschen Nationalbibliografie;
detaillierte bibliografische Daten sind im Internet über
http://dnb.dnb.de abbrufbar.

© R. P. Ritter   2018

Herstellung und Verlag:

BoD - Books on Demand, Norderstedt

ISBN: 9783744890120

Was kommt danach?

Inhalt

Vorwort

Liebe Leserin, lieber Leser.

Sie finden in diesem hoffentlich unterhaltsamen und vielleicht inspirierenden Büchlein neun Geschichten. Es sind keine reinen Erfindungen. Viele, der darin vorkommenden Inhalte, habe ich selbst erlebt, oder sind mir so, oder ähnlich von anderen berichtet worden. In jeder Geschichte steckt etwas Wahrheit.

Dieser Umstand soll Sie nicht verunsichern.

Die Welt der Geister und Gespenster bleibt uns heute noch weitgehend verborgen.

Doch das, was wir zum jetzigen Zeitpunkt für unmöglich oder übernatürlich halten und worüber sich so mancher, besonders der, dem die andere Welt bisher verschlossen blieb, lustig macht, kann schon morgen etwas völlig Normales sein.
Auch Elektrizität, oder die fantastischen Möglichkeiten des Internet hätte man zu anderen Zeiten als Hokuspokus angesehen und unbedingt als einen Grund, sich zu fürchten.

Ich war immer der Ansicht, dass die Menschheit sich zwar Unglaubliches erarbeitet hat, dass wir aber trotzdem nicht annähernd alles - vermutlich nicht einmal besonders viel - wissen.
Und so werden sich auch Geschehnisse, die uns heute an Geister und Gespenster glauben machen, eines Tages in das weite Feld der Naturgesetze eingliedern lassen.
Mit meiner Meinung werde ich Sie hoffentlich nicht desillusionieren.
Ich muss ja nicht richtig liegen.

Eine Empfehlung möchte ich mit auf den Leseweg geben:
Nehmen Sie sich zwischen den einzelnen Geschichten etwas Zeit.

Bedanken möchte ich mich bei Vanessa Pietsch, Gabriele Decker und Kathryn Rice für die Unterstützung bei der Entstehung dieses Buches.

Herzlichst

R. P. Ritter

Ostholstein im Januar 2018

Verloren am Meer

Es war wieder passiert. Den morgigen Tag konnte ich kaum erwarten.

Zum ersten mal war ich Gast dieses Sport- und Wellnesshotels. Eine Woche pure Entspannung, täglich zwei Kurse.

Das Hotel liegt fast am Strand, nur ein kleines Kiefernwäldchen trennt Haus und Meer.

Mein erster Kurs begann um zehn Uhr dreißg, der zweite um fünfzehn Uhr.
Zugegeben, ich war skeptisch was meine diesjährige Entscheidung betraf.
Hatte ich doch sonst jedes Jahr einmal eine Auszeit genommen, um mich sportlich zu betätigen: Fitnesskurse, Kletterkurse, ich hatte Surfen gelernt, mindestens einen Walking-Kurs belegt.

Nach meiner Knieverletzung während meiner einsamen Schottlandwanderung im letzten Herbst aber, traute ich mich nicht, mich auf etwas körperlich Anspruchsvolles einzulassen und wählte so die Kombination aus Erholung und einem Kurs zur Muskelentspannung im Dünenhotel, gelegen in einer einsamen Gegend an der Ostsee.

`Ob diese Reise wirklich so eine gute Idee war?´, fragte ich mich am ersten Tag, als ich als Letzte den Kursraum betrat und die Gruppe von ungefähr vierzehn Damen und Herren betrachtete.

Nach einer Vorstellungsrunde - wie üblich kamen die Kursteilnehmer aus dem ganzen Land - erklärte die Therapeutin die Vorgehensweise, den Nutzen und die Wirkung der Übungen.

Ich war in Gedanken eigentlich ganz woanders, zu einem Viertel noch im Job, zum zweiten Viertel auf der Autobahn, der Rest war sonst wo, in einem Wirrwarr aus Himmel und Hölle, wirren Gedanken, die nach Thomas` Tod nicht aufhören wollten, mich zu quälen.

Hätte ich etwas tun können? Es hatte genug Anzeichen gegeben. Nicht nur Anzeichen, sondern echte Hinweise von Thomas, der mit seinem Leben seit langem nicht mehr zurechtzukommen schien. Schleichend hatte sich das Unglück genähert.

Zuletzt war er ständig niedergeschlagen. Seine Tätigkeit als Sozialarbeiter machte ihm immer mehr zu schaffen.
Er arbeitete seit Jahren in diversen Wohngruppen für psychisch und geistig Beeinträchtigte.
Thomas hatte die Eigenschaft, sich sehr in Dinge hineinzusteigern. Er konnte sich nie abgrenzen. Seine Resilienz war vermutlich nicht ausgeprägt genug für diese Art Tätigkeit.
Egal, ob es Ungerechtigkeiten im Job waren, die Blicke und Bemerkungen der „normalen" Leute, denen er begegnete, wenn er mit seinen Schützlingen unterwegs war, oder die gesamtgesellschaftliche Lage, politische Entscheidungen - die seiner Meinung nach alles „immer mehr den Bach runter" gehen ließen - und so weiter.
Er nahm sich alles zu Herzen.

Ein Psychologe aus meinem Bekanntenkreis hatte mir einmal erzählt, dass er mit Grübeln, mit Nachdenken und mit Perfektionismus sein Geld verdient. Auch Thomas fiel wohl in diese Kategorie Patient. Nur ließ er sich nicht behandeln.

Seit Monaten, eigentlich Jahren, war er ständig bedrückt.

Manchmal redete er Tage lang nicht, lag aber nachts wach.
Er kam eigentlich nur noch aus sich heraus, wenn er getrunken hatte, oder wenn er nicht schlafen konnte. Dann kam er oft auf

Themen, die mich und die meisten unseres Alters, nicht unbedingt beschäftigten.

„Ich stelle es mir *da drüben* wunderschön vor", faselte er so manche Nacht. „Keine Ungerechtigkeiten, niemand der dich gängelt, dich beleidigt, Äußerlichkeiten zählen nicht". Oder es kamen Äußerungen wie „Der Tod ist mit Sicherheit wunderbar. Vielleicht ist das Sterben unangenehm, ja, schon möglich. Aber wenn man Glück hat, geht es schnell. Am besten man nimmt es selbst in die Hand. Da ist letztendlich auch egal, wie man es macht, ob mit einer Waffe, mit Tabletten, ob man sich vor den Zug wirft...".

Meist fingen solche Monologe gegen Morgen an, während ich noch tief im Schlaf lag und ich pflegte so etwas zu erwidern wie „Ja ja Schatz. So einfach wird es wohl nicht sein." Oder „Hör mal auf jetzt. Das macht mich ganz depressiv. Nimm dir doch nicht alles so zu Herzen."
Meist lächelte er während seiner „Erzählungen" irgendwie entrückt, so, dass ich sie schon deshalb nicht wirklich ernst nahm, was ich hätte tun sollen.

Eines Tages im vergangenen Sommer, es war ein herrlicher Morgen in Erwartung großer Hitze, fuhr ich aus unserem kleinen Dorf den Weg zur Arbeit und wunderte mich bald darüber, dass ein großes Aufgebot an Polizei, Feuerwehr und Krankenwagen an den Bahnschienen stand, die ungefähr hundert Meter entfernt parallel zur Straße verlaufen. Es war wohl ein Zug entgleist. Ich dachte nicht die Spur an Thomas. Der war schon vor zwei Stunden zur Arbeit gefahren.
An meinem Schreibtisch angekommen, gerade die Tasse mit einem frisch gebrühten Kaffee in der Hand, kam der Anruf.

Thomas war auf dem Weg zur Arbeit auf den kleinen Weg abgebogen, der über einen unbeschrankten Bahnübergang führte. Dort hatte er auf den Zug von Butthausen nach Hamburg gewartet, auf seine ganz spezielle Art in diesem Fall, nicht etwa wie ein Pendler auf dem Bahnsteig auf seinen Morgenzug wartet.

Thomas war scheinbar genau in dem Moment losgefahren, in dem der Zug nicht mehr hätte halten können. Das Auto hatte einen Totalschaden. War das Absicht gewesen? Keine Frage.

Später sprach man darüber, dass sein Unterkörper noch angeschnallt im Wagen gesessen hatte, während man den Rest in kleinen Teilen stundenlang einsammeln musste.

Das ist so auf dem Dorf, dass sich so etwas herum spricht, man kennt sich untereinander und die Ersthelfer kommen aus den umliegenden Ortschaften.

Das war jetzt acht Monate her und es verging kein Tag, an dem ich Thomas nicht vermisste, mir Vorwürfe machte, ihn verfluchte oder wütend auf ihn war.

Der erste Termin im Therapieraum.

Nach einer Vorstellungsrunde und einem längeren Vorgespräch hatten die Teilnehmer sich nieder gelassen. Für jeden lag eine dunkelblaue Gummimatte bereit, dazu eine kuschelige rostbraune Wolldecke und ein Badetuch. Wer mochte, konnte sich kleine Kunststoffkissen unter den Kopf legen. Ich tat das nicht.

Die Stimme der Therapeutin veränderte sich. Vorher hatte sie sich ganz natürlich angehört. Jetzt wechselte der Ton in einen sonoren Klang, fast, als würde nicht sie selbst sprechen, sondern jemand anders, würden wir eine abgespielte Stimme von einer CD hören.

„Sie liegen jetzt ganz entspannt auf dem Rücken. Ihre Arme liegen neben Ihrem Körper. Die Handflächen zeigen zur Decke, oder so, wie es für Sie bequem ist. Erleben Sie dieses Gefühl. Sie sind hier um loszulassen, um eine angenehme Erfahrung zu machen.

Schliessen Sie dazu Ihre Augen."

Die Pausen zwischen den gesäuselten Anweisungen waren lang und ich musste schon nach kurzer Zeit aufpassen, dass ich nicht einnickte.
„Sie liegen ganz ruhig. Sie fühlen sich sicher. Das Gewicht geben Sie an Ihre Unterlage ab.
Fühlen Sie sich in Ihren Körper hinein. Liegen Sie bequem. Sie atmen ruhig. Spüren Sie Ihren Atem. Spüren Sie, wie sich Ihr Brustkorb und Ihr Bauch langsam im Rhythmus der Atmung hebt und senkt. Atmen Sie ganz ruhig, so, wie es für Sie angenehm ist.

Spüren Sie jetzt Ihre rechte Hand und Ihren rechten Unterarm. Konzentrieren Sie sich auf Ihre rechte Hand und Ihren rechten Unterarm.

Um zu entspannen, müssen wir zuerst unsere Muskulatur anspannen. Ballen Sie die rechte Hand zur Faust und heben Sie den rechten Unterarm leicht vom Boden ab. Halten Sie die Faust fest geballt. Spüren Sie die Anspannung der rechten Hand und des rechten Unterarms. Und nun ganz abrupt - lösen Sie diese Spannung – JETZT!

Spüren Sie nun, wie sich Ihre rechte Hand entspannt. Empfinden Sie die Nachwirkung, die die Entspannung hinterlässt.
Wie fühlt sich die Entspannung jetzt an" ...

Ich lag ganz flach auf dem Boden und tat, was die Stimme mir auftrug.

Im Hintergrund dezente Meditationsmusik, sehr angenehm. Ich fühlte mich schon fast wie auf einer Wolke.

Was hatte die Stimme gesagt?

„...ziehen Sie den Arm nun vorsichtig an den Körper..."
Was? Arm an den Körper? Ich war weg. Wo? Keine Ahnung. Hier jedenfalls nicht. Also den Arm an den Körper ziehen, was mir schon Mühe machte, denn ich war müde.

Ich drehte den Kopf meiner Nachbarin zu, die den Arm fest angewinkelt und die Faust auf ihre Brust gedrückt hielt. Also so.

„Lösen Sie die Anspannung -JETZT!"

Ach egal, zu spät. Die Musik lullte mich ein. Die Stimme gab gedämpfte Befehle. Meine Augen waren fest geschlossen. Immer weiter entfernte sich die Stimme. Immer weiter. Ich schwebte davon.

Ein hellgrüner Nebel erschien, dichter Nebel, hellgrün und ich hörte seltsame Geräusche, ein Klingen, ein sehr angenehmes leises Klingen und etwas, das entfernt an Kindergesang er-innerte und grün, grüner, hellgrüner Nebel, überall um mich herum.
Es waren Schwaden. Sie zogen an mir vorbei und da war dieses Klingen. Es war noch nicht nah bei mir, aber ich spürte, wie ich weiter schwebte. Schwebte? Ja, ich schwebte - sanft durch die Nebelschwaden hindurch. Ich spürte nichts, als ein angenehm leichtes Sein und das Klingen schien näher zu kom-men.
Es war so schön, ganz behutsam und mein Kopf war leer.

„Lösen Sie die Anspannung – JETZT!" Mit einem Ruck wurde ich zurück gezogen, viel mehr zurückgesaugt. So fühlte es sich an, wie ein Sog, der mich in unglaublicher Geschwindigkeit ins Hier und Jetzt zurückwarf.
Plötzlich war ich hellwach und wieder da. Völlig im Bann meines Tagtraumes, oder wie immer man dieses Erlebnis in Hellgrün nennen konnte, versuchte ich, mich zurecht zu finden.
Was war das gewesen?
„Konzentrieren Sie sich nun auf Ihre Körpermitte. Spüren Sie

Ihren Bauchnabel. Ihren Rücken, Ihr Gesäß. Sie haben alles Gewicht an Ihre Unterlage abgegeben."

Ich versuchte, all das zu spüren, doch war ich eigentlich noch immer gefangen in den herrlich sanften Nebelschwaden und den Klängen, von denen ich wohl nie erfahren würde, woher sie kamen.
Jemand schnarchte leise und ich wusste nicht, was ich von all dem halten sollte.

Am Ende des Kurses streckten und räkelten wir uns, und nachdem die Therapeutin ein Feedback erfragt hatte, verabschiedete sie ihre Teilnehmerinnen in den nächsten Tag, an dem wir uns bereits um zehn Uhr zum Entspannen treffen wollten.

Am späten Abend lag ich lange wach auf dem Bett meines Zimmers im Halbdunkel. Müdes Licht fiel von draußen durch mein Fenster.
Thomas stand mir gegenüber. Ich sah ihn an. Es war so schön.
Er stand einfach da, im Sonnenlicht, in unserem Garten und hielt einen Brief in seiner Hand. Genau genommen war es ein Briefumschlag.
Er lächelte mich an und mir wurde so warm dabei. Thomas, so hattest du mich schon so lange nicht mehr angesehen.

Ich spürte, dass auch ich lächelte und unheimlich glücklich war, ihn zu haben. Ihn wieder zu haben. Ich versuchte den Brief zu nehmen, aber meine Arme bewegten sich nicht. Warum bekomme ich sie nicht hoch? Thomas hatte Geduld und streckte weiter den Arm aus, um mir das Schriftstück zu reichen. Es ging einfach nicht. Ich konnte nicht.

Babygeschrei holte mich aus dem Schlaf. Es gibt schlimmere Weckerklingeln und doch nervte es und es brachte mich zurück in die Realität.
Thomas. Zum ersten mal seit seinem Tod hatte ich von ihm

geträumt. Und ich hatte ihn so echt vor mir gesehen. So echt. Das kann doch gar nicht sein.
Ich sah ihn genau, seine weichen, rosa Lippen, seine Bartstoppeln, die blauen Augen.
Regelrecht niedergeschlagen war ich nun. Hätte ich doch nur noch weiter träumen können. Vielleicht hätte ich den Brief nehmen können. Vielleicht wollte mein Liebster mir etwas mitteilen.

Die tiefe Trauer, die mich hin und wieder überkam, stellte sich ein und machte es sich wie ein Sack voller Sand auf mir bequem.

Dahin.
Mein Liebster lag tief in der Erde auf dem Friedhof. Seine weichen, rosa Lippen, seine Bartstoppeln, seine blauen Augen, all das ist dem Verfall Preis gegeben, all das gibt es nicht mehr und werde ich nie wieder sehen, nie wieder anfassen, nie wieder spüren können.
Er liegt tief da unten im ewigen Dunkel und wer weiß, wie er jetzt aussah....

Wenn ich mich jetzt weiter dem Denken hingab, würde ich dieses Zimmer wohl nicht mehr verlassen.
Also schlug ich die Bettdecke hoch, würgte Tränen ab und taumelte ins Bad.

Das Baby schrie wieder und ich registrierte, dass die junge Mutter, die ich am Abend mit ihrem Kleinen im Restaurant gesehen hatte, das Zimmer neben mir bewohnte.

Ein Blick auf die Uhr verriet mir, dass mein Wecker sowieso in den nächsten Minuten geklingelt hätte.
Beim Frühstück entwickelten sich erste Kontakte.
„Na, gut geschlafen?" fragte mich ein Mann so um die fünfzig und schleppte seinen voll gehäuften Teller an mir vorbei. „Jaja.

Danke vielmals und selbst?" Aber er war schon wieder fast an seinem Platz. Ich bestellte nur Kaffee.

Um zehn lagen wir dann wieder in unsere Decken gehüllt im Meditationsraum und warteten auf die Dinge, die nun folgen sollten.

`Nicht ganz einfach, kurz nach dem Aufstehen schon wieder zu entspannen´, dachte ich mir und nahm mir vor, am nächsten Morgen früher fit zu sein und erst einmal ein paar Runden im Schwimmbad zu drehen.
Wieder lag ich auf der rostfarbenen Kuscheldecke in dieser angenehmen Atmosphäre. Über mir warme Holzquadrate. An zwei Seiten des Raumes befanden sich Fensterwände, die sich über die ganze Wand erstreckten.
Draußen war es kalt und grau.

Der Raum, beim Betreten noch einem Gymnastikbereich ähnlich, sah nun aus wie ein großes Ruhezimmer. Die Wolldecken gaben ihm einen warmen Ton. Es wurde geflüstert.

Wir lagen in unseren Lagern und die vorher freundlich-frische Stimme der Therapeutin wechselte erneut in den sonoren Singsang.

„Geben Sie alles Gewicht an Ihre Unterlage ab. Lassen Sie los, lassen Sie los, um eine angenehme Erfahrung zu machen."

So schön es war, es half nichts. Ich dachte an Thomas und konnte mich nicht wirklich gehen lassen. Wieder sah ich sein Gesicht vor mir. Wie schön er lächelte. Warum nur hast du das getan? Warum konnte ich dich nicht halten? War ich nicht da für dich? Hast du nach mir gerufen und ich habe dich nicht gehört?
Als mir die Tränen kamen, schloss ich die Augen und versuchte, mich in die Meditation einzuklinken. Mit nassen Augen gelang es mir.

Wieder fiel ich in eine andere Welt. Wäre ich wach gewesen, hätte ich es wohl nicht glauben können, aber so war es ausnahmslos angenehm.
Während die Therapeutin von Anspannen des Gesäßes sprach, fiel ich raus aus diesem Tag und diesem Universum und hinein in einen Nebel aus hellem Grün.

Ich war wieder hier. Wie konnte das sein? Egal, das fragte ich mich nicht. Ich genoss das Schweben und lauschte den sich ebenfalls wieder einstellenden Klängen. Ich wusste nicht, ob ich es tatsächlich so spürte. Mich umgab eine unglaublich angenehme und gleichmäßige Wärme. Wärme und Geborgenheit. Ein mal in meinem Leben hatte ich ein ähnliches Gefühl gehabt, als ich nach einer schweren OP noch völlig betäubt aus einer Narkose erwachte und mich bis zur Nase zugedeckt in einem kuscheligen Krankenhausbett wiederfand.

Es war schön hier und ich fühlte einen tiefen Frieden, wie schon lange nicht mehr.
Irgendwo dahinten, hinter dem Nebel, hörte ich das Klingen. Es war wie von einer Spieluhr, wie ein Mobile vielleicht, dass an einem Sommernachmittag auf einer Terrasse im leichten Sommerwind sein feines Klirren vernehmen lässt.
Früher stellten wir zu Hause in der Adventszeit einen kleinen Tannenbaum auf, mit zwei Klangschalen an seinen Ästen aus Metall, der von Kerzen umrandet war und an dessen Spitze ein Rädchen flach aufgesetzt wurde, mit herunter hängenden Stäben daran.
Zündete man die Kerzen an, begann sich das Rad zu drehen und brachte so auch die Stäbe in Bewegung. Diese berührten dann die Klangschalen leicht, was ein sanftes, feines Klingen hervorbrachte.
Genau diese Töne waren es, die ich hier, in diesem Gespinnst aus grünem Dunst vernahm.
Ich bewegte mich weiter vor, ich schwebte, einen Boden unter mir nahm ich nicht wahr.

Langsam schob sich vor mir eine Nebelwolke zur Seite und gleichzeitig wurde das Klingen klarer.
Ich sah jetzt ganz nah bei mir einen Reigen aus Gestalten. Es fällt mir schwer sie zu beschreiben. Die Größe ... schwierig, eher kleiner als ein Mensch aber so genau nahm ich das alles auch gar nicht wahr.

Sie waren vielleicht zu sechst, oder zu acht, ebenfalls von einem angenehmen Grün und hatten ganz feine Glieder, Ärmchen und Beinchen wie zarte Äste.

Eines der Geschöpfe drehte mir jetzt sein Gesichtchen zu. Es war flach und geformt wie ein ovaler Spiegel auf dem zarten Körper, hinten genau so grün wie alles andere, aber das Gesicht war menschlich und jung und es lächelte mir zu.

Das Gefühl, welches mich erfüllte, war unbeschreiblich schön.
Das Klingen war nicht verstummt und ich sah jetzt auch, woher es kam.
Die Gestalten berührten sich immer wieder an den Händen, wie bei einem Abzählreim. Jedes mal, wenn ein Händchen das andere traf, also bei jeder feinen und sanften Berührung, ertönte ein Klingen.

Ich hörte kein Wort, doch verstand ich, dass man mich kannte, dass ich willkommen war und näher kommen sollte und dass hier all meine Lieben auf mich warteten.
In dem Nebel, oder dahinter, würde sich eine Welt verbergen, die wunderschön sein musste und alle Fragen, die ein Mensch haben kann, würden beantwortet.
Die Gestalt wandte sich mir weiter zu, während sie aber nicht aus dem Kreis heraus ging. Ab und an hob sie ihr Händchen gegen eines das ihr entgegen kam und ein Klingen war zu hören.
Sie hatte sich gedanklich mit mir verbunden und gab mir zu verstehen, dass die, die hier im Reigen standen, ehemals meine Verwandten und Freunde waren. Ich sollte näher kommen, dann

würde ich schon sehen.

Aber ach - In diesem Moment lag ich schon wieder auf dem Boden im Therapieraum. Ich war wie durch einen Korridor zurück gezogen worden, blitzschnell.

Ich lag zwar hier, konnte jedoch die Augen nicht öffnen. Im Kopf war alles noch grün, warm und sanft und voller Liebe.

Die Stimme der Therapeutin weckte mich. Ich sah an die Decke. Was war das gewesen? Wie konnte es sein, dass ich an einem Ort war, im Traum, an dem ich gestern schon gewesen war, im Traum? Gibt es so etwas?
Es soll Menschen geben, die immer wieder den gleichen Traum träumen.

Doch nicht mal das ist es gewesen. Es war eher so etwas wie eine Fortsetzung. Der Traum war andererseits so real. So bunt! Überhaupt nicht wie ein Traum.

Was hatte ich gesehen? Kannte ich das Gesicht, das mit mir wie telepathisch in Kontakt gestanden hatte? Nein, ich wusste nicht, wer das hätte gewesen sein können. Es war keinesfalls einfach ein Gesicht zu erkennen, das einen aus einem ovalen Spiegel anschaut, fast ein wenig verschoben, anstatt der Haare etwas wie ein grünes Mützchen auf dem Kopf.
Und wieso überhaupt grün? Hat es mit den „kleinen grünen Männchen", aus Filmen und Büchern, vielleicht doch etwas auf sich?
In Gedanken ging ich meinen Weg durch den Nebel ein zweites mal. War mir irgend etwas noch nicht aufgefallen?
Die Gestalten, die mir den Rücken zugedreht hatten, oder die ich sonst nicht erkannt bzw. betrachtet hatte, sollten meine Verwandten sein, meine verstorbenen Verwandten und Freunde. Meine Großeltern? Tanten und Onkels und etwa auch ... Thomas?
Die Kursteilnehmer begannen sich zu bewegen. Es wurde ge-

gähnt und gehustet und die ersten richteten sich auf.
Ich lag wie ein Klumpen Blei auf dem Boden.

„Aufwachen" flüsterte meine Nachbarin mir lächelnd zu.
„Jaja. Ich bin wach. Alles gut", gab ich zur Antwort.

In der mittäglichen Pause machte ich einen Spaziergang am Strand. Eigentlich hatte ich Bernstein suchen wollen, konnte meine Gedanken aber nicht von dem Erlebten lösen.
Die Luft war klar und kalt. In der Ferne waren ein paar Gestalten zu erkennen. Ein großer, schwarzer Hund lief wiederholt geworfenen Stöckchen hinterher, ein paar Enten hielten nach etwas Fressbarem Ausschau.

Was war das für eine Welt, die ich da kennen gelernt hatte? Gab es diese Welt wirklich?
Es war so real gewesen. So etwas hatte ich nie zuvor erlebt.

Zurück in meinem Zimmer, suchte ich nach einer Karte, die ich zu Thomas´ Tod von einer Freundin geschickt bekommen hatte.
Sie lag in meinem Kalender, der alle wichtigen Adressen, Telefonummern und Termine enthält und den ich immer bei mir habe, wenn ich verreise.
Ich las den Text, den ich zum Teil schon auswendig kannte, da er mir vor Monaten viel Trost geschenkt hatte.

Unterhaltung von Zwillingen im Bauch der Mutter:

Das Erste fragt:
Glaubst du eigentlich an ein Leben nach der Geburt?

Das Zweite:
Ja klar. Das gibt es. Unser Leben hier ist nur dazu gedacht, dass wir wachsen und uns auf das Leben nach der Geburt vorbereiten, damit wir dann stark genug sind, für das, was uns erwartet.

Das Erste:
Blödsinn!
Das gibt es doch nicht! Wie soll das überhaupt aussehen, ein Leben nach der Geburt?

Das Zweite:
So genau weiß ich das auch nicht. Aber sicher wird es viel heller als hier sein. Und vielleicht werden wir herum laufen und mit dem Mund essen.

Das Erste:
So ein Quatsch. Herumlaufen, das geht doch gar nicht. Und mit dem Mund essen? So eine komische Idee. Es gibt doch die Nabel-schnur, die uns ernährt. Außerdem geht das gar nicht, dass es ein Leben nach der Geburt gibt, weil die Nabelschnur schon jetzt viel zu kurz ist.

Das Zweite:
Doch, es geht bestimmt. Es wird eben alles nur ein bisschen anders.

Das Erste:
Es ist noch nie einer zurück gekommen von nach der Geburt. Mit der Geburt ist das Leben zu Ende.
Und das Leben ist eine einzige Quälerei. Und dunkel.

Das Zweite:
Auch wenn ich nicht so genau weiß, wie das Leben nach der Geburt aussieht, jedenfalls werden wir dann unsere Mutter se-hen.

Das Erste:
Mutter? Du glaubst an eine Mutter? Wo ist sie denn bitte?

Das Zweite:

Na hier, überall um uns herum. Wir sind und leben in ihr und durch sie. Ohne sie könnten wir gar nicht sein.

Das Erste:
Quatsch! Von einer Mutter habe ich nie etwas bemerkt. Also gibt es sie auch nicht.

Das Zweite:
Manchmal, wenn wir ganz still sind, kannst du sie singen hören, oder spüren, wenn sie unsere Welt streichelt. Ich glaube auf jeden Fall, dass unser eigentliches Leben erst dann beginnt![1]

Tränen rannen über meine Wangen und ich ließ die Trauerkarte sinken.
Thomas! Er fehlte mir in diesem Moment wieder ganz fürchterlich.
Mir kamen auch all die anderen in den Sinn, Menschen, die ich gekannt, geliebt und verloren hatte. So wie jeder sie hat. Meine Großeltern, eine liebe Tante, mein Vater, der Sohn der Nachbarn, der mit vierzehn Jahren bei einem Autounfall ums Leben gekommen war.

Kann das sein? Werde ich sie alle wiedersehen?
Werde ich das Glück haben in der Nachmittagsrunde wieder in den Nebel gehen zu dürfen?

Ich schlief auf dem Bett in meinem Hotelzimmer ein, tief und fest und traumlos.
Es klopfte an der Tür.

„Hallo! Wollen wir zusammen zum Kurs gehen?"
Ich öffnete und sah eine Teilnehmerin stehen.
„Ich hab gesehen, dass Sie vorhin hier rein gegangen sind, wir sind Nachbarn. Ich bin hier nebenan. Ich wollte Sie abholen."
Sie deutete auf das Zimmer rechts neben meinem.

„Das ist nett", antwortete ich und versuchte mich zu sammeln. In meinem Kopf hatte sich ein seltsam betäubtes Chaos breit gemacht und von dem Gespräch, das wir zwei auf dem Weg zum Therapieraum führten, bekam ich nicht viel mit.
Irgendwie ging es ums Mittagessen. Wahrscheinlich hab ich nur mit ja und nein geantwortet, oder vielleicht auch gar nicht.
Im Raum angekommen jedenfalls, ließ das Interesse meiner Abholerin an mir stark nach und sie sprach mich auch nicht wieder an.
Wahrscheinlich hatte ich total verpeilt auf sie gewirkt. Na und? Hat sich ihr Verlobter vielleicht vor einem halben Jahr auf die Schienen gestellt?
Ich habe ein Recht darauf, seltsam zu sein.

„Sie können es sich gleich wieder bequem machen", sprach die Kursleiterin und alle legten sich wie schon gewohnt auf den Boden.

So recht wusste ich nicht, ob ich Angst oder Freude empfinden sollte und ich nahm mir vor, mich besser nicht in Trance, oder was immer das war, zu begeben, sondern der Therapeutenstimme zu folgen und so auch den Anweisungen. Bis jetzt hatte ich die Therapiestunde nicht im Ganzen verfolgt.

Ich spannte also an und ließ locker, immer so, wie die Anweisung war.

Ein Teilnehmer schnarchte schon, als wir kaum lagen und eine Frau neben ihm meinte „Das ist meiner."
Leises Kichern. Dann die Übungen. Ungefähr bis zur Anspannung der Oberschenkel war ich dabei und dann...
grüner Nebel, ein Klingen, feine Stimmen in einem ganz seltsamen Gesang.
Ich schwebte wieder im Nebel. Langsam ging es vorwärts. Das Geschehende zu beeinflussen war unmöglich und doch war zu spüren, dass ich genau dahin schwebte, wohin ich wollte.

Es war das gleiche Bild, als stünden die zarten Gestalten hier zu jeder Zeit und hielten ihren seltsamen Reigen ab.

Ich sprach nicht. Ich dachte „Da bin ich wieder" und die freundliche Gestalt drehte sich mir zu. Obwohl dies keines der anderen Wesen tat, erkannte ich hinter einem meine Großmutter, die vor sechs Jahren im Alter von neunundachtzig Jahren gestorben war. Ich sah sie nicht, ich fühlte sie und sie schien etwas zu sagen, oder zu denken wie „Da bist du ja. Schön dich zu sehen."

Im Nichts zu schweben ist wunderbar und mich überkam eine Geborgenheit, die unbeschreiblich ist.

Alle Anspannung, die es je gegeben hatte, war dahin. Ja, ich war körperlos hier her gekommen. Ich senkte meinen Blick nach unten. Nicht um mich von oben zu prüfen, viel mehr um zu schauen, ob es etwas unter mir gab. Aber da war nur Nebel, grüner Nebel, kein Boden, keine Füße, kein Körper.

„Komm!" teilte die Stimme sich mir über meine Gedanken mit. Und ich wollte das. Unbedingt. Ich wollte der zierlichen Gestalt näher sein, die wie alles hier, so viel Liebe und Zärtlichkeit ausstrahlte.

Schon schwebte ich ihr entgegen. Sie drehte sich langsam um, so, als wollte sie sich mit mir auf den Weg machen. Sie hielt ihren Kopf schräg: „Komm"...

Ich folgte ihr mit einer unglaublichen Leichtigkeit, wie getragen fühlte es sich an. Wieder ein Klingen. Die Wesen waren jetzt näher und auch die ovalen Gesichter konnte ich erkennen, die ähnlich verzogen waren wie bei dem ersten, weil sie sich ja in Spiegeln befanden. Zumindest sah es so aus für mich. Zu erkennen waren sie nicht, doch teilten sie mir mit, dass sie einst alle meine Verwandten gewesen waren.

So glitt ich lautlos dahin und fühlte mich sehr wohl in dieser liebevollen, friedlichen Atmosphäre. Alles war warm und schön, eine Lichtquelle nicht auszumachen und doch konnte man alles ganz klar sehen. Ein Wesen streckte mir sein schmales Händchen entgegen und ich wollte nur eines, dieses Händchen anfassen, es spüren, ihm nah sein.

Obwohl ich mit seinem freundlichen Gesicht nichts anfangen konnte, strahlte es so viel Zuwendung aus. Es war vollkommen. Ein Glücksgefühl, das ich noch nie in meinem Leben so empfunden hatte.

Doch da - mit einem deutlich gefühlten Kracher war ich wieder wach und lag auf dem Rücken. Meine Augen öffneten sich ruckartig wie von selbst. Dieses mal war es anders.

Nein! Nein! Ich wollte hier nicht sein. Ich will zurück. Gerade sollte ich mehr erfahren. Gerade war es soweit. Das Händchen. Das kleine, schmale Händchen.

Ich reagierte auf nichts. Ich war noch immer gefangen und wie benommen.

„Kommen Sie nun langsam wieder zu sich. Öffnen Sie die Augen. Spüren Sie die Unterlage. Finden Sie sich ganz langsam wieder im Raum zurecht. Drehen Sie den Kopf einmal nach links und dann ganz langsam nach rechts. Spüren Sie das Erwachen."

Das wollte ich nicht. Ich wollte nicht erwachen. Ich wollte hier bleiben und wieder in den grünen Nebel gehen, nicht erwachen, nicht in die Welt zurück, in die Realität und in Gespräche mit fremden Menschen, die mich in eine unbedeutende Konversation verwickeln wollten.

„Bleiben Sie ruhig noch ein wenig liegen. Ich kann den Raum offen lassen" nickte die Therareutin mir zu, während alle anderen bereits gegangen waren.

Da war sie. Die Realität. Ich wollte sie nicht. Sie war schwer und düster. Doch ich musste.

„Nein nein. Ich bin schon so weit." Ich stand auf und ging auf mein Zimmer.

Dort angekommen überkam mich das Gefühl, verrückt zu werden. Wie konnte so etwas sein? Selbst wenn es Träume waren, ein Zustand in Trance - wie kann man Fortsetzungen träumen, die zwar völlig irrwitzig, aber trotzdem so real sind, dass man kaum noch zwischen real und unwirklich unterscheiden kann?

Meine Mutter rief an. „Geht es dir gut?"
„Ja Mama. Es geht."
„Mutest du dir nicht zu viel zu? So etwas schlägt doch auf`s Gemüt, oder?"
„Nein nein Mama. Es ist ganz ok. Es sind doch Entspannungs-kurse. Die schlagen nicht auf´s Gemüt. Ich komme zurecht."
„Und wie sind die Leute so?" „Die sind alle nett", log ich.
„Und das Essen?" Das Essen? Hatte ich in den letzten Tagen etwas gegessen?
„Oh, das Essen ist sehr gut." „Na dann noch viel Spaß. Und melde dich mal. Immer muss ich anrufen." „Ja, ich melde mich Mama."
„Na dann."
„Ja, dann tschüss. Ach Mama!?"
„Ja, was ist? Was denn?" „Ach nichts weiter. Einen schönen Abend wünsche ich dir."
„Ich dir auch. Unternimm´ doch was mit irgend wem, wenn die so nett sind."
„Ja vielleicht. Tschüss." „Tschüss."

Der Anruf war gut gewesen. Ich war fast wieder hier. Die kleinen grünen Männchen hatten sich aus dem Staub gemacht. Leider.
Ich war verliebt in sie.

Heute wollte ich auf jeden Fall zum Abendessen gehen.
Ich musste vorher noch etwas machen. Bis dahin waren nämlich

noch zwei Stunden Zeit. So beschloss ich, das Schwimmbad zu besuchen, das sich auf der gleichen Etage, im hinteren Bereich des verwinkelten Hauses, befand.

Leider war außer mir niemand in dem abgedunkelten Raum mit dem relativ großen Becken.

Das Hotel war vor ein paar Jahren als Reha-Klinik konzipiert worden und hatte einen etwas krankenhausähnlichen Charakter. Linoleum auf den Fußböden der Flure und hier im Schwimmbad gab es einen Hebesitz, mit dessen Hilfe auch körperlich beeinträchtigte Menschen, die auf einen Rollstuhl angewiesen sind, ins Wasser hinein und wieder heraus kommen konnten. Oder stark Übergewichtige.

Eine kurze, kalte Dusche und schon trieb ich als einziger Gast in dem herrlich warmen Wasser.

Lange war ich nicht mehr geschwommen.

Nun lag ich hier auf dem Rücken, genoss das Lichtspiel der Wellen an der Decke und versuchte an nichts zu denken, doch der nächsten Tag spielte bereits mit meiner Phantasie.

Drei mal Entspannung, drei mal diese Träume. Was würde mich morgen erwarten? Es war wieder und wieder passiert. Was es war, wusste ich nicht.

Trotz des Wassers spürte ich mein Herz klopfen.

Ich richtete mich auf und schwamm ein paar Bahnen, bis mir Schultern und Oberarme weh taten.

Ganz ruhig war es hier und ich wunderte mich, dass niemand außer mir die Gelegenheit wahr nahm, den Swimmingpool zu genießen.

Vielleicht waren die anderen unterwegs. Schlafen würde sicher niemand jetzt, jedenfalls niemand aus dem Kurs. Allerdings gab es Hotelgäste – wenn zu dieser Jahreszeit auch nicht viele – die nicht an den Kursen teilnahmen. Wer weiß womit diese sich in der hiesigen winterlichen Einöde die Zeit vertrieben.

Das ganze Bad für mich allein zu haben, war herrlich.
Wieder lag ich auf dem Rücken und schwebte im Wasser, indem
ich die Hände seitlich nur ganz wenig bewegte, um das Gleichgewicht zu halten. Ich wurde immer ruhiger. Es roch nach Chlor,
aber nicht unangenehm. Die Ohren eingetaucht, hörte ich fast
nichts, nur Geräusche, die man unter Wasser für gewöhnlich
hören kann, ein dumpfes Sprudeln und Rauschen. Ich fühlte
mich leicht. Die Lichtspiele an den Wänden waren zauberhaft.

Holztäfelung an der Decke über mir, die Wände poolblau ge-
strichen, was ich mehr erahnte, als ich es im Wasser liegend
sehen konnte. Dämmerlicht.
In meinem Augenwinkel konnte ich Bewgung ausmachen. Ich
spürte sie mehr, als dass ich sie sah. Ohne Regung schloss ich nur
kurz die Augen, es war ganz still.
Da schwebte ein Gebilde heran und ganz langsam über mir
hinweg.

Es platschte. Vor Schreck hatte ich mich hingestellt. Das Wasser
reichte mir bis zum Brustbein. Dem Gebilde nachschauend,
nahm ich wahr, dass eine riesige Blase durch den Raum
schwebte.

Um mich herum war sonst nichts Außergewöhnliches. Und ich
war nach wie vor allein. Wie hätte hier jetzt auch jemand sein
sollen, der Riesenseifenblasen macht?
Es war auch keine Seifenblase. Es war eher eine Kugel, eine
durchsichtige Kugel. Ich ließ sie nicht aus den Augen. Nachdem
sie sich zuvor in die Höhe begeben hatte, schwebte sie nun ganz
langsam an mich heran, bis sie fast die Wasseroberfläche berührte.
Da war ein Duft, ein wunderbarer Duft, der von der Kugel auszu-
gehen schien.

Ich hatte keine Angst, obwohl ich sie vielleicht hätte haben
sollen.

Die Kugel war mir ziemlich nah, ungefähr einen Meter entfernt. Sie schillerte, tatsächlich einer Seifenblase ähnlich, und hatte einen Durchmesser von etwa dreißig Zentimetern.

Während sie sich ganz leicht nach links und dann nach rechts wiegte, versuchte ich, in sie hinein zu sehen. Die irisierende Oberfläche ließ dies leider nicht zu. Wabernde Farben schwammen ineinander und wieder voneinander weg. Ja, es war, als würde die Kugel auch mich betrachten.
Fasziniert von diesem Moment, konnte und wollte ich nichts hinterfragen und seltsamer Weise verspürte ich keine Furcht.

Der Duft war betörend - Blumen, Süßigkeiten, Frische - ich konnte es nicht definieren. Es war betörend.

Die Kugel vermittelte mir ein so schönes Gefühl, ein unsagbar friedvolles Glücksgefühl, als wollte sie sagen: „Alles ist gut, sorge dich nicht."

Es verging vielleicht eine Minute, dann – Peng! - war die Kugel verschwunden. Sie war nicht geplatzt, sie war einfach weg.

Ich stand da im Wasser und mir war, als hätte ich etwas verloren, als hätte mich jemand genau hier und in diesem Moment für immer verlassen. Es war so traurig. Was war das gewesen?

Ich sah mich um.
WAS WAR DAS? Werde ich jetzt vollkommen verrückt? Bin ich in einer seltsamen Show gelandet?
Ich konnte nicht mehr im Wasser bleiben, zog mich in meinem Zimmer um und setzte mich dann ins Cafè.
Mehrere Stücken Torte schaufelte ich hier in mich hinein, Himbeer, Stachelbeer-Baiser, Sachertorte.
Noch immer hatte ich keine Angst, ich war nur verunsichert und fragte mich, ob ich verrückt werde, oder was mir hier gerade geschah.

Konnte ich jemanden anrufen und mit ihm darüber sprechen? Nein. Jeder würde mich für komplett durchgeknallt erklären und dann vermutlich ganz viel Mitleid haben mit mir.
Konnte ich hier mit jemandem darüber reden? Weniger nachhaltig wäre es, ansonsten aber wohl noch schlimmer. Selbst die Therapeutin kam nicht in Frage. Oder hatten andere vielleicht auch diese grenzwertigen Erfahrungen gemacht?

Am nächsten Tag wollte ich mich ein wenig unter die Gruppe mischen und vielleicht bekäme ich heraus, wie es anderen bei der Entspannung erging.

Ich schlief sehr unruhig. Auf das Abendessen hatte ich verzichtet. Torte und Kuchen lagen schwer im Magen. Die Programmauswahl im TV war recht gut und ich zappte mich durch die Sender.
Irgendwann muss ich eingeschlafen sein, denn ich hatte wieder einen Traum und wieder sah ich Thomas.

Er saß am Rand des Schwimmbeckens, in dem mir heute die Kugel begegnet war.
Er saß dort, ganz nackt und völlig entspannt und wieder lächelte er zu mir herüber, während ich im Wasser stand.
Wieder hielt Thomas etwas in der Hand. Zuerst war es eine Kugel, eine gläserne Kugel. Als ich näher kam war es aber wieder ein Umschlag. Er wollte ihn mir geben. Ich wollte ihn haben. Wie in Träumen üblich sprang die Szenerie. Ich war nun nicht mehr im Wasser sondern wieder im Garten, wie schon im letzten Traum. Thomas lächelte mich an und hielt mir den Briefumschlag hin.
Ich bekam meinen Arm nicht hoch, um ihn zu nehmen. Alles war so schwer.
Habe ich überhaupt Arme?
Ich versuchte, sie anzuheben. Es ging nicht. An mir herunter blickend, sah ich einfach gar nichts.
Ich war körperlos, da war nur Luft.

Eine gewaltige Trauer überkam mich. Nicht mal wegen des fehlenden Körpers. Ich hatte keine Arme und ich konnte so den Brief nicht nehmen.

Thomas schaute mich furchtbar unglücklich an, denn er sah, dass er mir seinen Brief nicht übergeben konnte. Er senkte seine Hand und wendete sich enttäuscht von mir ab, sah mich aber immer noch an.

„Thomas! Geh nicht fort!" wollte ich schreien, aber auch das ging nicht. Es war wie Luft schnappen, aber kein Ton kam aus mir, oder aus dem Nichts, das ich jetzt war, heraus.

Thomas drehte sich um und war – Peng! - verschwunden.

Ich erwachte weinend und die Trauer, die mich erfasst hatte, war so schmerzhaft, dass ich mir fast die Wangen zerkratzte.

Jetzt fragte ich nichts mehr. Ich wollte nicht mehr wissen, was es war, ich wollte mich nur noch ergeben und mit ihm geh´n.
Was immer mir hier und jetzt passierte, ich würde es erfahren. Ich vertraute darauf. Wer mich rief, wer Kontakt zu mir aufnehmen wollte, ich würde es herausfinden.
Vielleicht schon morgen.

Am nächsten Tag gegen zwölf Uhr mittags sieht man einen Krankenwagen unter Blaulicht in die Einfahrt des Hotels einbiegen.

Ein Arzt läuft durch die Lobby auf dem Weg zum Therapieraum, wo er bereits von mehreren Mitarbeitern des Hotels empfangen wird. Vor dem Raum stehen Hotelgäste, die miteinander tuscheln.

„Ob die was hatte?" „Die war so komisch." „Wisst Ihr, was hier los ist?" „Da ist was mit einer Frau."

„Wo ist die Patientin?", fragt der Arzt.

Die Therapeutin ist blass. Bei ihr steht eine Mitarbeiterin der Rezeption.

„Herr Doktor. Sie kommen zu spät, wie es scheint.
Es hat keine Anzeichen gegeben. Sie war sehr für sich und hatte kaum Kontakt zu den anderen Gästen.
Ich weiß nicht, ich habe nichts falsch gemacht. Die Übungen mache ich seit Jahren. Ich bin ausgebildete Therapeutin und Trainerin."

„Was ist mit ihr geschehen?"

„Es ist schrecklich.
Die Frau ist wohl eingeschlafen und aus der Entspannung nicht wieder erwacht."

Der Lottogewinn

Und schon wieder saß er da. Wie jede Nacht am Tisch meines Wohnzimmers. Blass und krank sah er aus unter der tief hängenden Lampe. Saß einfach da mit seinem trüben, starren Blick, den hängenden Schultern, verzweifelt, anklagend.

Wie jede Nacht sagte er nichts. Ich saß ihm gegenüber und wartete, obwohl er mich nur selten anschaute. Ich wartete auf irgend etwas. Aber der einzige, der sprach, war ich.

„Sag mir doch, was ich machen soll Mann!" flehte ich ihn zum hundertsten mal an. Er sah nur kurz auf mit seinen blutunterlaufenen Augen, die früher einmal strahlend blau gewesen waren.

„Wenn ich etwas tun kann, sag es mir doch!"
Am liebsten hätte ich über den Tisch gegriffen und an ihm gezerrt, ihn geschüttelt, vielleicht sogar geschlagen. Ich war inzwischen fix und fertig. Er saß ja jede Nacht hier bei mir. Fast lächerlich pünktlich zur Geisterstunde um null Uhr hörte ich ihn allnächtlich in meinem Wohnzimmer herum schlurfen und stöhnen, manchmal wimmern, schluchzen. Es fielen auch schon mal Stühle um.

In der ersten Nacht war mir fast das Herz stehen geblieben, als ich aus dem Schlaf hoch schreckte und dachte, es wären Einbrecher in der Wohnung. Es muss ungefähr einen Monat nach seiner Beerdigung gewesen sein. War es ein Traum? Doch ich hörte die Geräusche genau und als ich zu mir kam, ahnte ich instinktiv, wer da war und was diese Geräusche in meinem Wohnzimmer verursachte.

Als ich mich aus dem Bett gewühlt, die Tür einen Spalt geöffnet und ihn da so seltsam in der Ecke stehend gesehen hatte, den Rücken mir zugewandt, als würde er leise vor sich hin weinen, da war mir fast das Herz stehen geblieben.

Ich musste nach Luft ringen, fiel zurück ins Schlafzimmer, um dann doch noch einmal nachzusehen, ganz leise und vorsichtig, ob er da wirklich stand.
Er saß jetzt am Tisch, starrte auf die Tischplatte. Sein Zustand war erbärmlich. Blasse, bläuliche Haut, verwelkt, seine Kleider waren nur noch dreckige Lumpen. Sein Blick verwässert. Die gerade, kräftige Haltung war einem zusammengesackten, kranken Körper gewichen, sein fröhliches, trotz aller Tiefschläge fröhliches Wesen war zu einem Trümmerhaufen verkümmert. Sabber lief aus seinem Mund.
Und er stank. Es war ekelerregend. Er stank wie ein Grab, aus dem er gestiegen sein musste.

Einen Zweifel gab es dennoch nicht, es war Herbert. Herbert, den ich vor einem Monat mit unter die Erde gebracht hatte. Herbert, der mein Freund gewesen war, seit Kindertagen. Herbert, der immer treu und ehrlich war, der vor zwei Jahren seinen Job und kurz danach seine Frau verloren hatte. Herbert, der immer auf einen Neubeginn und ein neues Glück gehofft und den ich um einen Lottogewinn in Höhe von drei Millionen Euro gebracht hatte.

Nun saß er da, in meinem Wohnzimmer, ein mal mehr, seit Wochen.
Ich war müde und fertig, auch seit Wochen. Selbst wenn alles wie früher schien, er sich noch nicht bei mir eingefunden hatte, konnte ich nicht schlafen. Ich wälzte mich im Bett herum, versuchte es mit Ohrstöpseln und Alkohol, aber mal ehrlich, wer kann schon schlafen wenn er um Mitternacht den Besuch einer Leiche erwartet?

Und die Geschichte ging mir wieder und wieder durch den Kopf.

Nachdem Herbert in Hannover keine Anstellung mehr finden konnte, war er nach Kopenhagen gezogen. Kurz nach seinem Umzug lag Post von ihm in meinem Briefkasten, darin enthalten ein Lottoschein.

„Lieber Tomas, lass doch mal prüfen, ob hier ein Gewinn drauf ist. In Dänemark kann ich den Schein, den ich in Hannover gekauft habe, ja nicht prüfen lassen. Ist ja auch schon Wochen her. Wenn´s nicht allzu viel ist, kannst du´s behalten. Dein Herbert."

Nicht allzu viel...

Eines Morgens schlürfte ich zum Lottoladen.
Im Kiosk an der Ecke meinte die Aushilfe, ich müsse damit direkt zur Lotto-Zentrale und dort fiel ich fast vom Stuhl, bei dem, was mir gesagt wurde.
Herbert hatte gewonnen. Über drei Millionen Euro! Mein Bauch kribbelte und ich musste nach Luft schnappen.
Drei Millionen Euro! Was für eine Summe! Was für ein Glück für Herbert! Was könnte man damit alles machen...

Was ich dann tat, war hundsgemein. Mehrere Nächte grübelte ich darüber, ob ich Herbert die Wahrheit sagen sollte, ob ich ihm das geben sollte, was ihm zustand. Er wusste von nichts und hatte den Schein vermutlich schon vergessen Was würde sich ändern, wenn er nichts erführe? Es ging ihm ja nicht so schlecht. Naja.

Aber was würden über drei Millionen Euro für mich bedeuten? Was könnte sich in meinem Leben alles ändern? Welche Möglich-keiten ich hätte!
Ich hatte den Schein. Er gehörte jetzt mir. Ich könnte ihn ja auch selbst gespielt haben. Wer weiß, ob Herbert seine Zahlen auswendig kannte.

Es würde ja quasi einen Verzicht auf über drei Millionen bedeuten, die ich unbemerkt würde einstecken können. Drei Millionen Euro, mit denen all meine Träume hätten wahr werden können. Drei Millionen, das hieße Reisen, Autos, Frauen, die Erfüllung aller Wünsche.

Kurzum, ich verschwieg es ihm. Ich verschwieg es ihm und hielt auch eine Weile durch. Hat man aber drei Millionen auf dem Konto, lässt man nicht viel Zeit verstreichen, ohne es ausgeben zu wollen. Mir jedenfalls war das nicht möglich. Ich wollte etwas haben von dem vielen Geld.

Es begann mit einer Reise auf die Seychellen, die ich mir als kleiner Angestellter eines Autohauses kaum hätte leisten können, auch den nagelneuen Sportwagen nicht, der kurz nach meiner Rückkehr dazu kam. Ich verbrachte dann acht Wochen in Thailand, um gleich darauf in die Staaten zu fliegen und es mir dort einige Wochen gut gehen zu lassen. Und ich kaufte mir die Fünfhunderttausendeuro-Wohnung.
Anfangs klappte die Geheimhaltung noch ganz gut. Herbert war ja weit weg.

Zu allem Unglück wurde er aber in Kopenhagen entlassen und kam nach Hannover zurück. Natürlich fiel ihm dann so manches auf, egal wie ich es erklärte, auch wenn wir von dem Lottoschein nie mehr gesprochen hatten.

Als er mich eines Tages auf der Arbeit aufsuchen wollte und man ihm sagte, dass ich bereits vor einem Jahr gekündigt hatte, was ich ihm natürlich verschwieg, musste es wohl klick gemacht haben bei ihm.

Ich spürte, dass sich etwas veränderte. Herbert wurde seltsam. Anspielungen konnte ich kaum noch überhören.
Mitte Juli saßen wir dann mal wieder zusammen, bei einem kühlen Bier, im Schatten einer Weide, im Biergarten am Masch-

seeufer. Seit Tagen hatte ich nichts von Herbert gehört, was mir bei dem momentanen Klima zwischen uns ganz recht gewesen war.

Herbert druckste herum, saß zusammen gesunken da, blickte mich immer wieder verstohlen an.

„Du hast mich beschissen, Tom", sagte er leise.

Ein Kloß bildete sich in meinem Hals.

„Du hast mich beschissen!", schrie er mich an, sprang auf und knallte sein Glas krachend auf den Tisch, so dass das Bier durch die Gegend flog.

„Du bist so ein Schwein. Du bist so ein Schwein." Er schüttelte den Kopf wie wirr, sah mich aber kaum an.

„So ein Schwein, Tom. Und so was nennt sich Freund. Ich habe dir immer vertraut, weißt du?"

Ich erinnere mich nicht, was unangenehmer für mich war in diesem Moment, die Blicke der Leute um uns herum, oder die Aufdeckung meines Betruges.

Als Herbert sich davon machte, war ich erleichtert.

Jetzt war es raus, mehr oder weniger. Herbert wusste Bescheid. Was konnte er schon tun? Ich würde ihm einen Teil des Geldes geben. Das hatte ich so geplant für den Notfall, wenn er es heraus bekommen würde. Herbert... Herbert war immer gutmütig gewesen, Herbert würde verzeihen und alles wäre wie früher, sogar besser. Jetzt hatten wir Geld.

Zwei Tage später fand man ihn. Er hatte sich um einen Baum gewickelt, mit dem Auto seiner Schwester, in einer Gegend im

43

Deister, einem nahe gelegenen Höhenzug voller Buchen- und Tannenwald, in der sich Fuchs und Hase gute Nacht sagten. Und er hatte keinen Abschiedsbrief hinterlassen, so, dass ich mir wenigstens einreden konnte, ich sei nicht Schuld an seinem Tod. Zumindest nicht ich allein. Ein Unfall. Na klar.

Es war ein seltsames Gefühl, ein Gefühl, für das ich mich sogar noch heute schäme. Als ich von Herberts Tod erfuhr - seine Schwester hatte mich schluchzend angerufen - fiel mir ein Stein vom Herzen.

Kein Abschiedsbrief - er hatte einen Unfall gehabt - war ange- trunken - Kontrolle über das Fahrzeug verloren.

Mit einem tiefen Atemzug legte ich auf und dachte daran, dass mir alles Geld nun wieder allein zur Verfügung stand und es das ganze Problem nun nicht mehr gäbe.

Eine Woche später die Beerdigung.

Vier Wochen später - Herbert in meinem Wohnzimmer.
Seit dem jede Nacht.

„Herbert, was willst du von mir?", fragte ich zum tausendsten mal. „Was willst du von mir?" Ich raufte mir zum tausendsten mal die Haare. „Das ist doch Wahnsinn. Was passiert hier eigent- lich? Oh Gott!"

Meine Schritte durch´s Zimmer wurden größer. Ich stützte die Arme auf der Fensterbank ab. Die Lichter draußen - was war das für eine Welt da draußen? Eine andere. Nicht mehr meine.

„Ich weiß, ich habe falsch gehandelt, aber was kann ich jetzt noch tun? Herbert, was kann ich tun, um das rückgängig zu machen?"

Er saß immer noch am Tisch, aber etwas war anders als in den vielen Nächten zuvor.

Langsam öffnete Herbert seinen fauligen Mund und ein unbeschreiblicher Gestank breitete sich im Zimmer aus. Die spröden Lippen begannen zu zucken und sich auf eine seltsame Art zu bewegen, als wäre alles komplett entgleist.

Eine Stimme erklang, wie aus den Tiefen der Hölle, tief wie aus einem Fass und gleichzeitig hoch und gallig, schnarrend, unmenschlich. Mein Magen drehte sich um und fast hätte ich mich mitten im Zimmer übergeben.

„Herbert, was willst du von mir?", gaukelte die schreckliche Stimme. Er saß immer noch da, den Schein der Lampe mehr auf dem Kopf als im Gesicht.

„Herbert, was willst du von mir?", schrillte es erneut lang gezogen durch den Raum, voller Hohn. Ein Grinsen verzog sein schauerliches Gesicht.

Ich konnte nicht so schnell sehen wie er plötzlich direkt vor mir stand, sein kalter Leichenatem war grauenvoll.

„Was will ich wohl?", grölte er und verdrehte die Augen. „Was will ich wohl???", ein zweites mal und so durchdringend laut, dass mir fast die Trommelfelle platzten.

Seine eiskalte, monströs starke Hand griff mir um den Hals, es war wie eine Eisenklammer, die sich zusammen zog.
Ich sah gerade noch seine toten Augen, blutunterlaufen, dann ging das Licht aus. ...

Das Licht ging wieder an und ich befand mich in einem Auto, am Steuer sitzend und selbst fahrend. Ein Auto? Keine Ahnung wie ich dahin gekommen war und in wessen Wagen ich da saß.

Ich spürte die Polstersitze unter mir, hörte das Motorengeräusch.

Neben mir Herbert, Herbert in einem frischen, hellblauen Hemd, Herbert, so wie er einst gewesen war, gut gelaunt, recht attraktiv und sehr gesund.

Mir war immer noch übel. Oh man, was war jetzt los?

Ich blickte zur Seite. Da saß mein Freund, wie eh und je. Wie früher, wenn wir zusammen zum Fußball, oder in die Tennishalle gefahren waren.

Ich kann nicht sagen, wie groß die Erleichterung war, als mir durch den Kopf ging, dass alles wieder gut ist, dass ich nur eine Vision hatte, einen Tagtraum, mitten in der Nacht. Alles nur geträumt. Oh ja.

Aber - nein, es war nicht wie früher. Herbert grinste mich von der Seite an und diesen Blick kannte ich nicht von früher.

„Tja Tom, so kann es kommen." Er lächelte.

Ich verstand nicht und dann wieder doch, lenkte das Auto eine auf beiden Seiten waldbewachsene Straße entlang.
Es fuhr schnell. Viel zu schnell. Mein Fuß auf dem Gashebel. Ich wollte bremsen, doch die Bremsen funktionierten nicht. Ich wollte den Fuß vom Gas nehmen, doch das Gaspedal reagierte nur mit mehr Geschwindigkeit. Noch mehr. Es müssen 100 km/h gewesen sein, und das auf einer äußerst kurvenreichen Straße. Die Reifen quietschten immer wieder.

„Lieber Tom," sprach Herbert bedächtig und lächelte immer noch, ganz ruhig, ohne Angst vor der Geschwindigkeit, regelrecht belustigt.

„Jetzt hast du Angst. Jetzt geht es dir schlecht, Tom. Nicht wahr?" Sarkastisch spitzte er die Lippen.
Doch sein Gesichtsausdruck veränderte sich. Er sah mich mit bösen, eiskalten Augen an.

„Du hast mich beschissen." Herbert nickte bedächtig.
Die Reifen quietschten, der Motor heulte und ich war außer mir vor Angst.

„Nein nein, Tom. Niemals hätte ich das von dir gedacht. Du warst mein Freund und du hast mich beschissen, obwohl du wusstest, wie es mir ging - hast du mich beschissen.
Weißt du was, Tom? Ich - ich hätte mit dir geteilt! Ich hätte mit dir geteilt, weil du mein Freund warst."

Meine Hände verkrampften sich um das Lenkrad, ich hielt scharf nach links und bog auf einen Seitenweg ab, ohne, dass ich es wollte, die Geschwindigkeit nicht drosselnd wohl bemerkt und der Wagen schien zu kippen.

Immer mehr Gas, immer mehr Speed, Äste peitschten gegen die Windschutzscheibe, ein Rauschen dröhnte in meinen Ohren und erschrocken - wenn das in meiner Situation überhaupt möglich war - spürte ich alsbald, dass niemand mehr neben mir saß. Der Beifahrersitz war leer.

Niemand, außer mir, war in diesem Höllenfahrzeug, dessen Raserei nicht zu stoppen war.

Ich sah den Baum, einen riesigen Baum direkt vor mir.
Ein Baum, dem ich nicht ausweichen konnte. Die Maserung der Rinde im Scheinwerferlicht für eine Hundertstelsekunde. Mein Tod.
Ein Krachen und ein höllischer Schmerz waren das Letzte, das ich wahrnahm.

Das war es also, schoss es mir noch durch mein zermatschendes Hirn.

Das war es, was Herbert gewollt hatte.

Haus in Kiel

Was äußerst seltsam war, waren diese Leute.
Aber ich fang mal von vorne an.

Ich war 20 und hatte meinen ersehnten Studienplatz in Kiel
bekommen. Im Nachrückverfahren.
Deshalb war ich spät dran und brauchte dringend ein Zimmer.
Die Studentenwohnheime hatten bereits Wartelisten und das
Castingverfahren in den WG`s dauerte ja eine Zeit, bis die
Anrufe mit einer Zu-, oder Absage eingingen und ich hatte
bislang nur Absagen erhalten.

So war ich froh, dass meine Mutter in der online-Ausgabe der
Kieler Tageszeitung eine Anzeige las.

„Möbliertes Zimmer in alter Jugendstilvilla zu vermieten. Zah-
lung im Voraus."

Wir packten ein paar Sachen zusammen, setzten uns ins Auto
und fuhren nach Kiel.
Kiel war sonnig an diesem Oktober-Tag und dem Stadtplan nach,
befand sich die Tannengasse auch noch nah an der Förde. Das
klang gut.

Von der Uferstraße an der Förde kommend, bogen wir links ab,
in einen ruhigen Weg, der bergauf führte und an den Seiten
tatsächlich tannenbewachsen war. Eine Jugendstilvilla an der
anderen! Ich war entzückt.

Vom Preis hatte nichts in der Zeitung gestanden und meine
Mutter hatte am Telefon auch nicht gefragt.
„Wenn du nichts bekommst, musst du eh in ein Hotel ziehen und
das wird auch teuer", hatte sie gemeint.

Wir parkten vor einem wirklich alten Haus, mit Erkern und Türmen, das, wie fast alles hier, im Schatten hoher Bäume stand. Nummer acht!

Die Handbremse schnarrte und wir bückten uns, um durch das Autofenster zum Haus hinüber zu schauen.

Ich sah jemanden hinter dem Fenster stehen, konnte aber nicht erkennen, ob es sich um einen Mann oder eine Frau handelte, es war mehr ein Schatten.

Zwei Säulen stützten ein kleines Vordach ab, unter dem es eine kleine Treppe mit genau acht Stufen gab. Eine Marotte von mir, ich muss immer alles abzählen.

Es gab keine Klingel an der großen, alten Holztür, nur einen Riegel, den meine Mutter schon in der Hand hatte und damit anklopfte.

„Dragul – Nemec Dragul – komischer Name", flüsterte meine Mutter mir zu. „Klingt rumänisch". Sie musste es wissen. Vor fünfundzwanzig Jahren war sie ein mal in Rumänien gewesen.

Nun steht man da und alles ist auf Erwartung gepolt. Der erste Eindruck zählt.

Schon öffnete sich die Tür.

So seltsam wie der Name auf dem Schild war auch die Erscheinung der Frau, die uns begrüßte und bat einzutreten.

Vom Alter her war sie schwer zu schätzen, vielleicht Ende fünfzig, altmodisch gekleidet, fast wie eine Nonne, die dunklen Haare zu einem Knoten gebunden, in der Mitte gescheitelt.

Sie lächelte dezent und sah mich an „Sie sind Stefanie? Kommen Sie…"

Während wir in den recht langen, dunklen Korridor traten, von dem links und rechts mehrere Türen abgingen, kam aus einer davon, aus dem im Dunkeln liegenden hinteren Teil des Flurs eine weitere ältere Gestalt auf uns zugeschlurft.

„Ich bin Frau Marlis Dragul und das ist meine Schwester Frau Sonja."

Frau Sonja nickte nur ernst und gebrechlich herüber und verschwand leise in einem der anderen Zimmer.

„Und hier haben wir auch schon das Zimmer. Ich habe die Heizung angedreht, weil Sie ja sagten, sie wollten noch heute einziehen. Es ist doch schon kalt."
Sie drückte die Klinke und wir blickten in ein mit alten Möbeln gestaltetes Zimmer, das auch nicht viel heller war. Jedoch befand sich uns gegenüber eine große Flügeltür, die auf einen Balkon führte, der von einem schmiedeeisernen Geländer eingefasst zu sein schien.
Ich betrat sogleich den Raum, um auf den Balkon zuzugehen.
Oh wie schön! Durch die Laubbäume vor dem Haus, am Nachbarhaus vorbei, das vielleicht fünfzehn Meter entfernt stand, konnte ich ein kleines Stück Wasser in der milden Abendsonne glitzern sehen.
Das musste die Förde sein und mir ging „mit Fördeblick" durch den Kopf. So, wie es in der Anzeige gestanden hatte.

Es war recht dunkel hier in dem Zimmer, aber doch war es schön, die Decke stuckverziert, weiß geblümt tapezierte Wände, alles uralt und doch sehr stilvoll eingerichtet.

Ich war ganz angetan und meine Mutter wohl ebenso, doch der Preis für das Zimmer verschlug mir fast den Atem. Meine Mutter schluckte auch und meinte trotzdem „Wir nehmen es."
Sie fragte mich nicht, aber sie kennt meinen Geschmack und na ja, die Alternative war ein Hotel, wenn man sich sonst nicht auskennt in einer Stadt und die Zeit knapp ist.
Am nächsten Tag startete ja bereits die Einführungswoche an der Uni.

„Das Zimmer gehörte meiner Schwester Karola", sprach Frau Marlis und ich fragte mich unwillkürlich „Gehörte?" In Gedanken sah ich eine alte Frau in dem Bett sterben, in dem ich schlafen würde.

Als hätte sie meine Gedanken gelesen, sah mich die blasse Frau Marlis an. „Sie verbrachte ihre letzten Tage im Krankenhaus. Und dort ist sie auch von uns gegangen."

Aha, so war das also, wenn's denn stimmt.

„Ein schönes Zimmer, oder nicht?" meinte meine vom Jugendstil ebenso wie ich begeisterte Mutter, während wir meine zwei Koffer aus dem Wagen holten.
„Und du brauchst erst mal nichts weiter. Nächstes Wochenende komme ich und bringe, was dir noch fehlt."
Ich schleppte Notebook und Koffer in meine neue Unterkunft.

Ein alter Mann mit hängenden Schultern schlenderte durch den Flur, um von einem in ein anderes Zimmer zu gehen. Auf den Gruß meiner Mutter antwortete er nur mit einem grimmigen Nicken und Frau Marlis erklärte „Mein Bruder Wotan. Er ist schon etwas älter."

Ihr Blick war ernst und mein Unterbewusstsein klinkte sich ein. Wollte ich hier wirklich einziehen?

Als meine Mutter weg und meine Zimmertür erst einmal zu war, ließ ich mich auf`s Bett nieder und betrachtete den Raum.
Ein altes Bett mit leicht quietschender Matratze in der linken Ecke, zwischen Tür und Bett eine dicke, alte Kommode. Am Fußende des Bettes gab es eine weitere Kommode, ebenfalls aus dunklem Holz und darauf ein großes Tablett mit ein paar Gläsern und einer Karaffe.

Rechts von der Eingangstür ein großer, schwerer Kleiderschrank, der womöglich die tote Karola enthielt. Das hätte mich irgend-wie nicht gewundert. Ich wollte später mal nachsehen.
Mitten im Zimmer dann noch ein alter, sechseckiger Tisch mit ein paar Stühlen drum herum, alles im Stil der übrigen Möbel. War hier die Zeit stehen geblieben?

Es roch glücklicherweise nicht so verstaubt, wie es aussah, vermutlich, weil die Balkontür einen Spalt offen stand.
Über der Tür musste es ein Bild gegeben haben, das offenbar entfernt worden war.

Ich setzte mich auf einen der Stühle und sah nach draußen. Nur noch schwach war das Wasser der Förde zu sehen, denn es wurde langsam dunkel.

Es klopfte leise und Marlis Stimme erklang: „Möchten Sie etwas zu Abend essen?" (Hm, sollte ich?) „Ich würde Ihnen auch gern noch Bad und Küche zeigen." „Ja gut, ich komme.", antwortete ich.

Das Bad befand sich fast gegenüber meiner Zimmertür. Es war alt ausgestattet, aber sehr ordentlich und gediegen, wie man so sagt, schwarz weiß gefliest und gekachelt, ein hoher, langer und ziemlich schmaler Raum, die Toilette am Ende, gegenüber der Tür, unter einem kleinen Fenster, im oberen Bereich einer Dachschräge.

Solche Häuser bergen vom Ambiente her ja oft entzückende Schätze und was sich nach außen als Türmchen und Gauben, oder Erker zeigt, ist im Innenraum oft ein verwinkeltes Zimmerchen, ein verborgenes Eckchen, oder eine schwer zu erreichende Veranda.

Die Badewanne hinten links würde ich mir hoffentlich nicht mit Oma und Opa Dragul teilen müssen, dachte ich und schon sprach Frau Marlis es aus. „Dieses Bad ist natürlich nur für Sie. Wir benutzen ein anderes – im hinteren Bereich des Hauses."

Irgendwie erinnerte mich diese Frau an eine japanische Nonne. Wenn es japanische Nonnen gab, sahen die ganz bestimmt aus wie Frau Dragul.

Sie schloss die Badezimmertür, indem sie sie mit einem lauten Ruck heranzog.

„Sie klemmt ein wenig, aber Sie können sie verschließen,“ sprach sie und drehte den riesigen Schlüssel im Schloss um, was mir irgendwie Unbehagen bereitete, so allein in diesem Raum mit dieser Frau.

Sie schloss die Tür gleich wieder auf und lächelte mich schräg an.

Die Küche war ganz ähnlich dem Bad, nur größer und befand sich noch ein Stück weiter hinten im Haus. Schwarz-weiße Fliesen verbargen sich hinter alten, schweren Holzküchenmöbeln.

Ein dunkler Tisch in der Mitte, mit einer tief hängenden Lampe direkt darüber, erinnerte an einen Operationstisch. Weiter hinten in der Küche kam jetzt kein Licht mehr durch das hoch eingebaute Fenster, das man wohl Oberlicht nennt. Vermutlich kam hier überhaupt nie Tageslicht hinein.

Auf einem Teller lagen ein paar belegte Brote und etwas Salat.

„Haben Sie bereits gegessen?“ fragte ich.

„Oh nein, junge Frau. Wir essen abends nie. Wir sind hier alle in einem Alter, in dem man besser auf zu viel Essen verzichtet, wissen Sie...“

`Aha´, dachte ich, `soso´.

Frau Marlis rückte ein paar Sachen auf der Küchenzeile zurecht.

„Wir trinken natürlich. Trinken ist wiederum sehr wichtig für uns.“ Dabei sah sie mir nicht in die Augen und ich dachte unwillkürlich an Dracula und seine besondere Schwäche für bestimmte Getränke.

Viel aß ich nicht. Ich fühlte mich irgendwie beklemmt und allein jetzt hier so in meiner neuen Umgebung. Zurück in meinem Zimmer packte ich einen Teil meiner Sachen aus und legte mich schlafen.

Im oberen Teil der Zimmertür gab es ein Milchglasfenster. Die Flurbeleuchtung hing direkt vor meiner Tür von der Decke, während der hintere Teil des Flurs in Dunkelheit verborgen blieb. Das Licht schien nicht gelöscht zu werden.
Als ich tief in der Nacht erwachte, war es noch immer an. Ich sah auf die Uhr. Es war nach eins und ich musste dringend zur Toilette.

Halb verschlafen war mir sehr recht, dass ich das Licht nicht anschalten musste, vermutlich hätte ich den Schalter gar nicht gefunden.

Ich tapste auf dem weichen Teppich zur Tür, öffnete sie und erschrak ganz fürchterlich, sobald ich aus meinem Zimmer trat.

Schläfrig hatte ich den Blick auf die Badezimmertür gegenüber gerichtet und sah deshalb nur im Augenwinkel, was sich außerhalb meines Blickfeldes befand.
Im düsteren Teil des Flures standen sie. Frau Marlis, ihre Schwester, ihr Bruder und noch eine weitere Frau.
Nicht, dass sie sich in einer Unterhaltung befunden hätten.
Sie standen da und starrten mich an, wie aufgereiht, völlig bewegungslos, leicht geduckt, die Augen seltsam glutvoll, als hätten sie auf mich gelauert.
Ich hätte schwören können, dass sie, die Arme angewinkelt und die Hände zu Krallen geformt, kurz vor dem Sprung waren.

Noch vom Schlaf benommen führte ich meine Bewegungen ganz automatisch aus.
Erst, als ich dann auf dem Toilettenbecken saß, realisierte ich die Absurdität der eben vorgefundenen Situation und bekam es mit der Angst zu tun.
Was hatte denn das zu bedeuten? Das war ja gruselig. War was ich gesehen hatte real? Es war so grotesk gewesen. Nicht menschlich.
Ein Komitee von Untoten?

Mir fiel ein, was Frau Marlis gesagt hatte: `Wir essen abends nie.´
Menschliche Blutsauger, die nicht aßen, nur tranken? Oh mein Gott. Bitte nicht. Dracula gibt es nicht! Äh, wie war noch gleich der Familienname meiner Vermieter?

Unwillkürlich umfasste ich meinen Hals und sah in Gedanken eine Szene aus „Tanz der Vampire" vor mir, eine offene Dachluke durch die Schnee fiel auf das schöne Opfer, das gerade ein Bad nahm.
Was würden sie mit mir tun, wenn ich den Raum hier verließ?

Es schien, als hätten sie schon länger so da gestanden, still und stumm dicht beieinander, wie Raubtiere in Menschengestalt. Es war nur ein kurzer Moment, in dem ich sie dort sah, aber es war wie eine Szene aus einem Horrorfilm.

Irrte ich mich, oder hatte der alte Dragul die Zähne gefletscht? Und das passiert mir im wahren Leben? Mir war eiskalt. Ich zwickte mich in den Arm und stellte schmerzvoll fest, dass ich wach war.

Ich war nervös und achtete auf jedes Geräusch. Sekunden wurden zu Minuten. Zu hören war nichts. Zitterte ich vor Kälte, oder vor Angst? Ich traute mich kaum, mich auch nur ein wenig zu bewegen.

Ewig konnte ich hier nicht bleiben, aber zurück in den Flur? Unwillkürlich blickte ich auf das dunkle Loch des kleinen Fensters im Dach, das ich nie erreichen würde können. Keine Chance. Flucht schien mir keine gute Idee, doch was sollte ich sonst tun? Und meine Sachen?
Sollte ich alles hier lassen, um mitten in der Nacht aus einem Fenster zu kriechen und im Nachthemd draußen herum zu irren, Autos anzuhalten?
Bei Nachbarn zu klingeln?

Langsam und sehr vorsichtig schlich ich zur Tür und lauschte. Kein klitzekleines Geräusch, kein Atmen oder Wispern. Auch ich atmete so leise, wie es nur ging. Mein Herz allerdings pochte wie wild.

Ich sah mich um. Etwas, womit ich mich hätte schützen können, schien es nicht zu geben. So hielt ich die Luft an und konzentrierte mich.

Mit einem kräftigen Ruck riss ich die Tür auf, auf alles Mögliche gefasst, bereit sofort einer der zerknautschten Gestalten eine in das zerfurchte Gesicht zu hauen.
Die Faust war geballt und alle Kräfte gebündelt.

Ich sah mich um - der Flur war leer. Nichts war mehr zu sehen von den Lauernden. Meine Ohren waren gespitzt und alles in mir sensibilisiert. Nichts.
Sie mussten davon geschwebt sein. Oder geschlichen.

Totenstille.

Blitzschnell verschwand ich in mein Zimmer, ohne darüber nachzudenken, dass sie ja dort auf mich lauern könnten. Das fiel mir glücklicherweise erst ein, als ich vor meinem Bett stand. Als ich mich umsah, war alles, wie ich es verlassen hatte und niemand war da.

Schlafen konnte ich in dieser Nacht nicht mehr. Ab und an war mir, als würde ich Gewisper hören und wahrscheinlich standen sie wieder da draußen, um einen Angriff auf mich vorzubereiten.
Ich stellte einen Stuhl vor die Tür und bewaffnete mich mit der Glaskaraffe von der Kommode, deren Wasser ich auf dem Balkon ausgegossen hatte.

Nichts passierte mehr.

Noch vor der Morgendämmerung packte ich meinen Koffer wieder ein und hoffte auf eine offene Haustür. Der Flur war leer, im Haus war es still.
Die Tür war verschlossen, aber der Schlüssel steckte von innen. Ich öffnete sie schnell, schleppte meine Sachen raus und hoffte, da würde mir nicht noch eine kalte Hand ins Genick fahren, oder etwas ähnlich Schauriges. Es geschah nichts dergleichen.

An diesem Tag nahm ich mir ein Zimmer in einer Kieler Jugendherberge, zu der ich mich von einem Taxi bringen ließ. Es ist immer gut etwas Kleingeld in der Tasche zu haben.

In der Tannengasse ließ ich mich nicht mehr blicken.
Ab und zu aber fahre ich dort mit dem Rad vorbei.

Es ist nicht zu leugnen, dass mich irgendwie interessiert, was da eigentlich los war, in dieser seltsamen Nacht. Nie sehe ich jemanden.
Ob sich ein anderer Mitbewohner gefunden hat? Ist ihm oder ihr vielleicht Ähnliches widerfahren?

Ein schönes Häuschen war das, mit äußerst gruseligen Bewohnern darin. In meinen Gedanken stehen sie noch in ihrem Hausflur. Manchmal träume ich davon. Und es läuft mir kalt den Rücken hinunter.

Schöne Bescherung

Weihnachten in diesem ganz bestimmten Jahr kann ich niemals vergessen.
Dabei war es wie jedes Jahr. Nur meine Mutter war in diesem Jahr anders. Wirklich sehr viel anders.
Meine Familie ist nicht groß. Meine Eltern haben nur mich. Bis vor zwei Jahren hatte es auch noch meinen Großvater gegeben. Er war mitten im heißen Sommer gestorben.

Wieder Weihnachten. Die Abstände wurden gefühlt immer kürzer.

Man hatte sich in einer gewissen Weise auf das Fest gefreut, obwohl sich bei dem Gedanken an Weihnachten auch immer so ein flaues Gefühl in meiner Magengegend einstellte, irgend etwas Trauriges, eine Last, etwas, das man eigentlich gern schnell hinter sich bringen möchte.

Bedrückt fühlte ich mich auch dieses mal. Lag es an der dunklen Jahreszeit? An dem Haus mit den kleinen Zimmern und den kleinen Fenstern? Dem Wissen, dass die Kindheit unwiederbringlich vorbei war? Dass das Leben endlich ist? Eine lähmende Lethargie in der Luft, während auf den Fernsehsendern die heile Welt stattfindet?

Aber da waren auch Freude, Erinnerungen, Bilder aus Kindertagen, als alles noch unbeschwert und voller Hoffnung war. Damals war die Familie noch größer, da waren Omas und Opas, Tanten und Onkels mit ihren Kindern. Jetzt lebten viele nicht mehr und wer noch da war, lebte sein eigenes Leben. Vielleicht hatten die Großeltern alles zusammen gehalten. Aber die Großeltern gab es nicht mehr.

Ich erinnere mich, wie ich auch in diesem Jahr die Autobahn fuhr, in Richtung Berlin und dabei „Coming home for Christmas" von Chris Rea im Ohr hatte. Natürlich wurde das Lied nicht nur ein mal im Radio gespielt, während unserer sechsstündigen Fahrt. Der ultimative Christmas-Hit.

„Oh I can´t wait to see those faces" - was für mich ja hieß zu den Eltern zu fahren, in diesem Jahr, so wie jedes Jahr und auch schon im letzten, zusammen mit meinem Freund, der sich nur schweren Herzens für meine Familie entscheiden hatte können. Auch seine hätte ihn gern bei sich gehabt an Weihnachten.

Am 23. waren wir angekommen, hatten alles aus dem Auto geholt, mein altes Zimmer bezogen und auf Heilig Abend gewartet, der mit Baumschmücken am Vormittag zelebriert wurde, was ich früher mit glänzenden Augen zusammen mit meinem Vater erledigt hatte.

Dazu gab es Spekulatius und Weihnachtsmärchen und eine gute Prise Vorfreude, die sich mit dem Bratenduft vermischte, der aus der Küche kam.

Mein Vater zog es inzwischen vor, auf dem Sofa zu sitzen und seiner Tochter dabei zuzusehen, wie sie allein die Kerzen anbrachte und den Schmuck an den Zweigen befestigte.

Wie immer lief auch heute ein Märchen im Fernseher.
Und wie jedes Jahr war meine Mutter in der Küche beschäftigt, wo sie eigentlich immer war. „Kartoffelsalat und Würstchen, oder?" hatte sie mich im Vorfeld zum Heilig-Abend-Dinner befragt. „Oder lieber Frikassee?"

Während ich den Baum schmückte, war sie noch mit dem Mittagessen beschäftigt. Es krachte. Irgend etwas war auf die Fliesen geknallt. Als ich in die Küche lief, hatte sie eine alte Terrine zerschlagen und fegte die Scherben auf.

Sie weinte. „Ach Mama. Ist doch nur Geschirr. Hast eh viel zu viel." Sie schluchzte. „Jaja. Weiß ich ja." Sie kehrte die Scherben auf, schnäuzte sich die Nase und machte weiter, ohne mich groß zu beachten.

„Ich mach noch ein Glas Kirschen auf, ja?"

„Brauchst du nicht. Lass mal Mama. Wir haben doch alle nicht viel Hunger." „Na gut. Dann nicht. Ich bin gleich fertig." Sie kehrte alles zusammen, der Deckel des Abfalleimers schnellte hoch und die Scherben glitten hinein.

Es wurde schnell dunkel. Schon am Nachmittag. Keiner war zu sehen auf der Straße, naja, Heilig Abend eben. Noch dazu war es regnerisch und grau. Irgendwie eine fiese Zeit, wenn man das Wetter betrachtet. Schnee hatte es mal wieder nicht gegeben und wir saßen vor dem Fernseher und warteten.

„Ich mach dann mal langsam Abendessen, was?" meinte meine Mutter.

„Jetzt schon wieder essen. Ich hab noch kein bisschen Hunger," kam von meinem Vater.

Sie ging in die Küche und begann darin zu hantieren. Kartoffelsalat und Würstchen, wie fast jedes Jahr. Teller klapperten, Schranktüren wurden geöffnet und geschlossen.

So stand sie also wieder in der Küche und machte „schnell noch einen grünen Salat dazu", schleppte neben Kartoffel- und Tomatensalat auch noch Schinkenröllchen mit Spargel, Oliven auf Käsewürfel gespießt und dieses und jenes auf den Abendbrottisch im Esszimmer, das sich neben der Küche befand, während wir im Wohnzimmer saßen.

„Was deine Mutter wieder für Essen macht!", meinte mein Vater grummelig. „Das kann doch wieder gar keiner essen. Die ist schon wieder seit Tagen damit beschäftigt."

Die Bescherung lief vergleichsweise unspektakulär ab, mangels kleinerer Kinder, denen man noch was hätte vormachen können zum Thema Weihnachten. Jüngere Geschwister habe ich nicht und es war die Zeit, wo man selbst noch nicht unbedingt an Kinder denkt.

Der nächste Morgen präsentierte sich irgendwie bleiern. Obwohl es nicht regnete, hingen dunkle Wolken tief am Himmel. Es war ein düsterer Morgen und sollte ein düsterer Tag werden. Unten klapperte schon das Frühstücksgeschirr. Wir hatten Wein getrunken am Abend zuvor, nicht viel, eine Flasche zu dritt. Mein Vater trank keinen Wein.
Zum Frühstück waren Kerzen angezündet worden. Es wurde kaum geredet, wir räumten zusammen ab und meine Mutter fing dann auch relativ schnell an, sich um's Mittagessen zu kümmern, die Weihnachtsgans, die auch schon bald durch's ganze Haus duftete. Mein Vater lag vor dem Fernseher, mein Freund war im Sessel eingeschlafen und ich durchforstete die Zeitungen der letzten Tage danach, ob ich irgend etwas über alte Bekannte zu lesen bekam.

Der Duft der Gans war irgendwann nicht mehr wirklich angenehm, auch schienen die Kartoffeln anzubrennen.

„Mama, kann's sein, dass die Kartoffeln anbrennen?" Keine Antwort. Meine Mutter war nicht in der Küche und der Blick ins Backrohr ließ nichts Gutes vermuten. Der Vogel war eindeutig dunkelbraun und auch die Kartoffeln waren verkohlt. Ich riss das Fenster auf. „Mama! Mama! Wo steckst du denn? Die Kartoffeln sind angebrannt."
Aus dem Wohnzimmer rief jetzt mein Vater: „Man man. Was ist das wieder für`n Gestank! Schon wieder Mittag essen oder was! Ich hab noch gar keinen Hunger!"

Eigenartig, dass meine Mutter nicht zu sehen und auch nicht zu hören war. Und irgendwie bekam ich ein ungutes Gefühl.
Schnell war ich die Treppe hinauf gegangen. Meine Eltern hatten ihr Schlafzimmer in der ersten Etage.

Ich fragte nicht mehr „Mama". In mir breitete sich eine leise Vorahnung aus vom dem, was ich gleich erleben würde. Ich nahm eine Stufe und noch eine. Der Kater, der sonst gern auf der oberen Stufe saß und alles im Blick hatte, war nicht da.

Durch die Strukturglasscheibe zum Schlafzimmer schien gebrochenes Licht, das von dem Fenster kam, welches der Tür gegenüber lag. Etwas war anders. Etwas war still, war unendlich still. Ich stand vor der geschlossenen Tür. Wo sonst einfach nur Licht war, sah ich einen Schatten mitten im Raum. Aber es war nicht der Schatten von jemandem, der da steht.

Ich atmete tief ein und ich glaube, mein Herz blieb einen Augenblick lang stehen, als ich die Tür öffnete.
Es war der Schatten meiner Mutter, den ich gesehen hatte.
Meine Mutter - die von der Decke hing.

Als ich wieder hinunter ging, war mir eiskalt. Ich kam ins Wohnzimmer, wo mein Freund immer noch im Sessel schlief und mein Vater mit dem Blick auf den Bildschirm das Sofa belegt hatte. Als wäre nichts geschehen. Frohes Fest! Im TV lief „Fröhliche Weihnachten".

„Was ist denn mit deiner Mutter? Hat sie gepennt oder was?" ertönte die Stimme meines Vaters vom Liegemöbel.

„Auf jeden Fall gibt's heute kein Essen.", war meine Antwort.

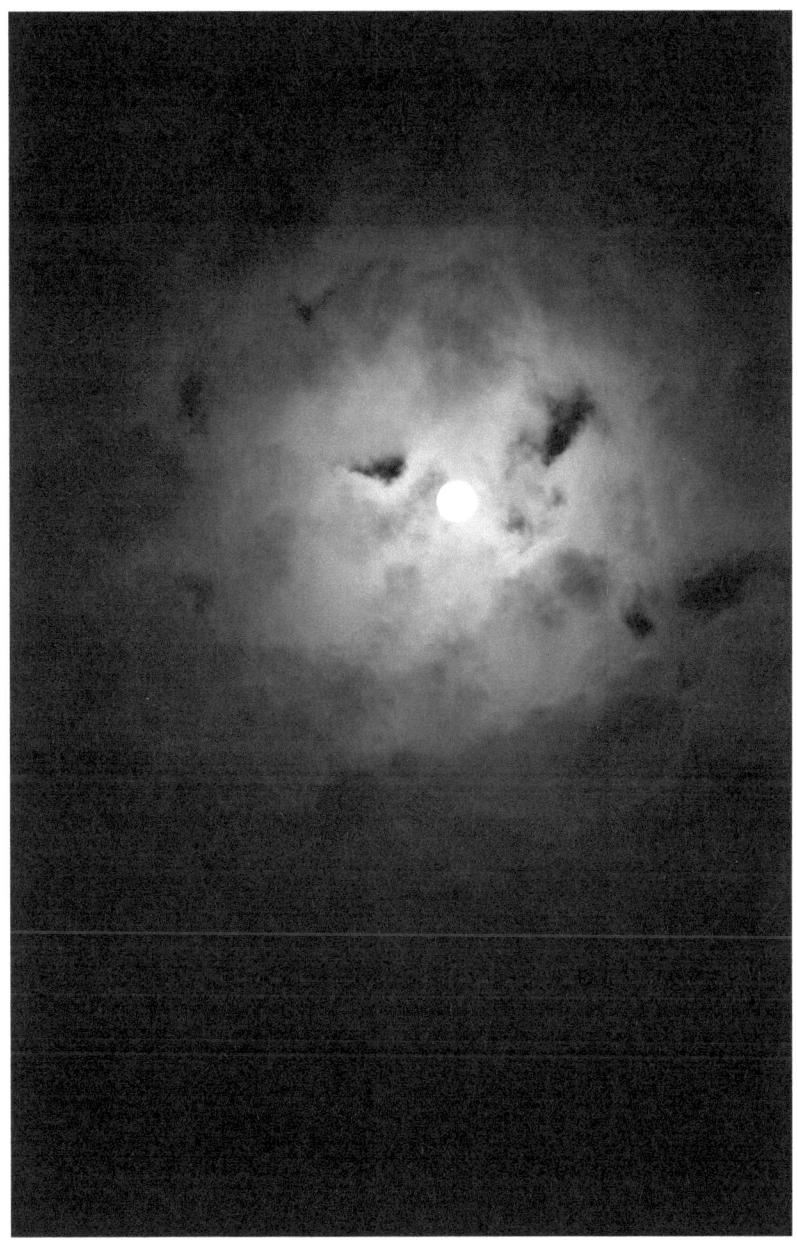

Beschlossene Sache

Wann,

wo

und von wem

wird eigentlich entschieden,

wann wir diese Welt verlassen müssen?

Seit ein paar Tagen schien sie mir verändert, meine Freundin Adelina.

Ich kann das wirklich beurteilen. Wir kennen uns seit dem Kindergarten.

Adelina war nachdenklicher und ruhiger, als sonst und nachdem ich mich ein paar Tage darüber gewundert hatte, fragte ich sie auf dem Schulweg, was los sei. Sie zog nur die Stirn kraus, atmete einmal tief und sah mich von der Seite an. Sie schien mir etwas sagen zu wollen, tat es aber nicht und ich ließ sie in Ruhe.

Der Zustand änderte sich leider nicht. Selbst wenn wir mit anderen zusammen waren, schien sie irgendwie abwesend.

Ein mal saßen wir auf der Wippe unseres Spielplatzes. Es war später Nachmittag eines Wintertages, aber es war nicht kalt. Da ich wohl so langsam den gleichen nachdenklichen Blick wie meine Freundin mit mir herum trug, lächelte Adelina und fing endlich an zu reden: "Ich weiß. Du wunderst dich, was mit mir ist. Aber ich weiß auch nicht, ob ich dir davon erzählen soll."

Sie druckste herum, sah in die Ferne. "Ich weiß nicht, ob ich überhaupt irgend jemandem davon erzählen sollte. Denkt doch sowieso schon jeder ich hätte sie nicht alle, weil meine Mutter sich so viel mit Esoterik beschäftigt."

In der Tat war die Familie aufgrund der ungewöhnlichen Aktivitäten der Mutter, trotz eigentlich hohen Ansehens in unserem kleinen Ort, in letzter Zeit zunehmend belächelt worden. Nur hatte Frau Frankenberg für mich nicht wirklich viel mit dem zu tun, was mich mit meiner Freundin Adelina verband und ich wusste, dass auch Adelina das ganz genau weiß. Ich verdrehte also die Augen. "Du weißt, dass du mir alles erzählen kannst."

Adelina schwieg. Ich dachte nach. Es war immer spannend für mich, wenn ich bei Frankenbergs zu Hause war und die Mutter meiner Freundin die Wirkungsweise von Heilsteinen erklären konnte, über den Sinn unseres Daseins auf der Erde philosophierte und sich immer und überall von Elfen und Engeln umgeben fühlte. Für sie war das alles normal und für mich brachten ihre "Geschichten" Hoffnung mit sich und Spannung sowieso. Jeder wünscht sich doch irgendwie, dass am Ende nicht alles vorbei ist, dass es höhere Mächte gibt, dass da noch irgend etwas kommt, oder nicht?

"Ok", meinte Adelina und stieß sich vom Boden ab. "Weißt du…", sie sah in die Ferne. "Nicht lachen. Was ich dir erzähle, passiert wirklich." Selten runzelte sie die Stirn, wie sie es jetzt tat. Ich wurde langsam wirklich neugierig und fragte mich, was ich da wohl zu hören bekommen würde.

Während Adelina tief ein und aus atmete, begann sie zu erklären: „Weißt du", sie stockte. „Ich sehe jemanden bei mir zu Hause." Wieder sah sie mich an und verzog das Gesicht, als würde sie selbst nicht glauben, was sie sagte: "Ich sehe immer einen Mann." Ich antwortete nicht, konnte damit so recht nichts anfangen. Wie - einen Mann?

"Jaja, ich weiß, wie sich das anhört", sprach sie weiter. "Aber ich sehe den wirklich. Ja, manchmal nur so aus dem Augenwinkel. Aber manchmal sehe ich ihn ganz klar vor mir. Und", sie schluckte und sah mich fast verzweifelt an. "Und er grinst mich an." Adelina sah auf den Boden. "Man, ich bin nicht verrückt. Ich pubertiere auch nicht mehr. Neulich kam ich in mein Zimmer, mitten am Tage, nachmittags. Meine Mutter war unten in der Küche und mein Bruder war auch zu Hause. Als ich in mein Zimmer kam, stand der an meinem Klavier, sah mich an und grinste."

Mir lief ein eisiger Schauer über den Rücken. In Gedanken war ich in ihrem Zimmer und sah Andelinas Klavier, im Zwielicht des Winters, von einer leichten Staubschicht überzogen. Und einen Mann.

"Wie sieht der Mann aus? Kennst du ihn? Ist es ein - ein Geist?"

Adelina atmete tief, sah weiter auf den Boden. "Nein. Ich kenne ihn nicht. Ich kann ihn aber auch nicht gut beschreiben. Ich denke so oft an ihn, dass sein Gesicht nur noch verschwommen in meinen Gedanken auftaucht."

Nach längerem Schweigen, ich wusste nicht, was ich sagen sollte, setzte sie fort: "Er ist dunkel. Eine dunkle, hagere Gestalt. Ich glaube, er trägt einen Rollkragenpulli. Was soll ich sagen?" "Hat er einen Bart? Wie alt ist er ungefähr?" "Vielleicht vierzig oder fünfzig. Einen Bart? Ich weiß nicht. Nein. Ich glaube nicht."

Adelina sah auf und schien ein wenig erleichtert. "Ich würde dich ja fragen, was du davon hältst…"

"Hast du jemandem davon erzählt? Deinem Bruder?" "Ich hab vorgestern meiner Mutter davon erzählt. Ich hatte mir in der Küche gerade ein Glas Wasser eingegossen, als ich ihn, ohne ihm ins Gesicht zu blicken, in der Ecke stehen sah. Ich war mit meinen Gedanken ganz woanders gewesen und hörte auf einmal, wie das Glas unter mir auf den Fliesen zersprang. Das hatte meine Mutter auch gehört. Sie kam aus dem Wohnzimmer angelaufen und ich war selbst so erschrocken, da hab ich`s ihr erzählt. "ER" war natürlich nicht mehr zu sehen."

"Und was sagt sie?"

"Sie hat erst mal eine ganze Weile gar nichts gesagt und ist abends durchs ganze Haus gelaufen, hat wohl irgendwas gesucht. Ich hab' sie nicht noch mal darauf angesprochen aber am Abendbrottisch meinte sie zu allen, sie wolle das Haus ausräuchern. Es wäre mal an der Zeit, die ganzen negativen Energien zu verjagen. Mein Vater meinte nur, sie solle aufhören zu spinnen und mein Bruder entgegnete, dann würde es wochenlang nach Weihnachten stinken."

Inzwischen war es dunkel und außer uns war heute niemand hier auf dem Spielplatz gewesen.

Wir gingen zu Adelina nach Hause und als sie die Tür aufschloss, meinte sie lächelnd: "Aber keine Angst haben, ok? Hätte ich dir bloß nichts erzählt."

Tatsächlich nahm ich das Haus der Frankenbergs heute ganz anders wahr. Es war ungewöhnlich still, ich hörte eine Uhr ticken, die mir nie aufgefallen war. Unwillkürlich sah ich mich um. Nichts. Nichts Außergewöhnliches. Trotzdem wollte ich in keinem Raum allein bleiben und mir war sehr unwohl, als Adelina zur Toilette ging.

Als ich später in meinem Bett lag, musste ich das Licht der Nachttischlampe anlassen. Ich schlief sehr schlecht.

Am nächsten Tag schrieben wir eine Klausur. Ich war spät dran und konnte nicht mit meiner Freundin sprechen. Als es zur Pause klingelte, ging ich aber gleich zu ihr und sie ahnte wohl, was ich sie fragen wollte. Sie schüttelte den Kopf. "Nein. Ist nichts passiert. Aber meine Mutter will heute alles ausräuchern. "

"Das ist gut. Sicher verschwindet der Geist dann auch."

Adelina verzog unsicher das Gesicht. "Ich weiß nicht." Sie schüttelte leicht den Kopf. "Meine Mutter ist ganz komisch. Sie hatte was vom Todesengel gefaselt. Keine Ahnung, was sie meint. Sie ist aber ganz still und total nachdenklich. Ich krieg jetzt bald noch mehr Angst als ich sowieso schon hatte. Ich erinnere mich noch, als mein Großvater im Sterben lag. Angeblich hatte da auch jemand einen Todesengel im Haus gesehen. Da kriege ich jetzt richtig Schiss."

Nachmittags war Adelina dann bei mir und wir stellten uns vor, wie Frau Frankenberg dem Geist, oder Todesengel, oder was immer der schwarze Mann war, ordentlich Beine machte. Mit allerlei Sprüchen passierte so etwas. Mit Weihrauch für jede Ecke und jeden Winkel des Hauses. Ich hatte so etwas schon einmal im Fernsehen gesehen.

"Hoffentlich tut er ihr nichts", meinte Adelina. "Ach. Deine Mutter kennt sich doch aus. Das wird schon klappen." Ich war sicher, der Geist würde das Haus auf diese Weise verlassen.

Er hat es scheinbar auch getan. Nur wohl nicht so, wie es sich jeder gewünscht hätte.

Heute stellt sich mir die Frage: Kann man seinem Schicksal nicht entrinnen?

Gibt es so etwas tatsächlich? Schicksal? Vorsehung? Und kann man nichts dagegen tun? Ist alles schon beschlossene Sache?

Am Nachmittag des nächsten Tages, ich saß gerade über den Matheaufgaben, klingelte unser Telefon. Adelina war dran.

"Jana." Sie stockte. „Ich bin´s, Adelina." Meine Freundin hörte sich verschnupft an.

"Jana, sag bitte morgen in der Schule Bescheid, da - dass ich nicht kommen kann."

Ich fragte mich, was war. Fühlte sie sich nicht gut? Hatte sie eine Grippe erwischt?

Ich hörte sie schluchzen und sich schnäuzen.

"Jana - mein Vater ist heute verunglückt. Er ist tot."

"Waaaaassss?", fragte ich erschrocken, ich brüllte vielleicht. Meine Mutter kam aus dem Nebenzimmer und sah mich verdutzt an. "Was? Verunglückt?" Ich konnte keinen Gedanken fassen. "Ja. Er wollte in der Mittagspause nach Hause kommen und ist nur einen Kilometer von zu Hause entfernt aus einer Kurve gerutscht und gegen einen Baum gefahren."

Wieder fing Adelina an zu schluchzen. "Entschuldige. Ich kann jetzt nicht mehr. Bitte sag morgen Bescheid." Sie legte auf.

Tage vergingen. Schwere Tage. Ich war zum ersten mal in meinem Leben so nah mit dem Tod konfrontiert worden und es war schlimm zu sehen, wie die Familie meiner besten Freundin litt.

Unbegreiflich war die Geschichte für mich und der frühe Tod des Herrn Frankenberg und ich fragte mich immer nur warum, warum, warum - doch passieren diese Dinge tagtäglich, wenn vielleicht auch nicht mit so einer Vorgeschichte.

Während die Polizei von einem "normalen" Unfall sprach, wurde mir im Laufe der Wochen danach doch einiges ganz klar. Es gab einen Zusammenhang zwischen diesem Mann, der lässig grinsend irgendwo in Frankenbergs Haus herum gestanden hatte und den nur Adelina, ein sehr sensibles und aufmerksames Mädchen, hatte sehen können. Dieser Mann war vielleicht wirklich der Todesengel gewesen und wer weiß, wie alles gekommen wäre, wenn Frau Frankenberg ihn nicht aus dem Haus vertrieben hätte.

Er war da gewesen. Sicher - auch wenn niemand sonst ihn hatte sehen können. Er war da, bis Frau Frankenberg auf die Idee gekommen war, das Haus auszuräuchern.

Vielleicht kann man seinem Schicksal tatsächlich nicht entrinnen und auch der - ich nenne ihn Todesengel - hat nur einer Anweisung Folge zu leisten, über deren Ausführung er nicht zu entscheiden hat.

Wo sollte er also hin, wenn er aus dem Haus vertrieben worden war, aber immer noch einen Auftrag zu erledigen hatte?

Ich vermute, er war in das Auto gestiegen, das vor dem Haus stand, in das Auto von Adelinas Vater.

Carmen

Das Telefon.

Das Läuten klang in seinen Ohren wie ein Ruf aus einer anderen Welt. Langsam kam er zurück.

Er spürte die weiche Kühle unter seiner Hand und realisierte, dass er in seinem Wohnzimmer saß. Eigentlich lag er mehr, oder hing schlaff gerade so aufrecht.
Draußen war es hell, aber nicht sonnig. Durch die Terrassentür konnte er den Springbrunnen sehen, der die Mitte des kleinen Teiches bildete. Wasserkreise zogen von dannen. Einer nach dem anderen, gleichmäßig und sanft.

Als wollte er spüren, dass er noch lebte, griffen seine Hände in das weiße Leder seines gediegenen Sessels. Als wollte er sich versichern, dass er hier und alles unwirklich war, was die letzten Stunden bestimmt hatte.

Das Telefon läutete nun nicht mehr. Er hatte es nicht geschafft, aufzustehen. Ein bleierner Nebel schien um ihn herum zu sein und ihn durchdrungen zu haben, vor allem seinen Kopf.
Auch wenn er sich selbst jetzt hier sitzen sah, schien sein Hirn sich zu wehren gegen Gedanken, die versuchten, jene Windungen zu erreichen, die Erkenntnis bringen könnten.

Sein Körper war verkrampft und unglaublich müde. Nie in seinem Leben hatte er eine so schwere körperliche Leistung vollbracht, mal abgesehen von Sex, den er in den Jahren, als er noch als erfolgreicher Künstler auf Lanzarole lebte, voll ausgekostet hatte, nicht selten mit mehreren Frauen gleichzeitig. Das war lange her.

Er spürte, dass der Schmerz kommen wollte, den die unge-wohnte Anstrengung zur Folge haben musste, dass die Gedanken in sein Bewusstsein krochen und er hatte eine Höllenangst davor.

Sein Blick fiel auf die Kommode, wo sich eine schöne Mischung aus den besten alkoholischen Getränken befand. Ein Glas Hochprozentiges wäre vielleicht jetzt gut.

Das Telefon klingelte erneut. Er wollte aufstehen und es gegen die Wand werfen, oder noch besser, es zertreten, es in den Boden stampfen, doch er konnte nicht. Er war gelähmt und verzog das Gesicht schmerzerfüllt, während er sich mit beiden Händen die Ohren zuhielt.

„Hm. Verstehe ich nicht."
„Meldet sie sich nicht?"
„Nein. Es geht niemand ans Telefon."
Nina legte den Hörer zum zweiten mal auf, ohne mit ihrer Freundin Carmen gesprochen zu haben.
Eigentlich hatte Carmen sich gleich nach ihrer Ankunft in Berlin melden wollen. Aber obwohl sie gegen fünfzehn Uhr schon vom Hauptbahnhof in Brandenburg abgefahren war, war bis zum nächsten Tag kein Anruf aus Berlin eingegangen.

Nina hatte mit sich selbst zu tun. Der Friedhofsbesuch an den Gräbern ihres Vaters und der Großmutter, ein Kurzbesuch bei Verwandten, die Aufräumarbeiten nach der Geburtstagsfeier am Vortag, Packen des Autos. Am Abend noch wollte sie zusammen mit ihrer Mutter an die Ostseeküste fahren, wo sie selbst seit vier Jahren lebte und wo ihre Mutter im Sommer gern ein paar Wochen bei ihr Urlaub machte.

Es hatte gepasst am zweiundzwanzigsten Juli nach Brandenburg zu fahren, um den Geburtstag der Mutter zu feiern und dann am nächsten Tag zusammen mit ihr wieder in Richtung Küste aufzubrechen.

Kurz vor ihrer Abreise nach Brandenburg, hatte sie eine E-mail von Carmen erhalten, mit der sie seit ihrer Studienzeit befreundet war.
Es war eine schon zwanzig Jahre anhaltende Freundschaft, in der sich die beiden manchmal über Jahre nicht gesehen hatten, der Kontakt aber nie abriss.

Die junge Studentin war damals aufgetreten, wie die Carmen aus Bizets Oper und Nina war beeindruckt von ihr, als sie sie zum ersten mal sah, damals im Vorlesungssaal. Südländisch interessant vom Äußeren her, hatte sie in den Seminaren einen Diskussionsstil, der so manchen Professor in die Irre führte, so, dass der eine, oder andere am Ende eines Seminargespräches mit ihr nicht mehr wusste, wo er war und die Flucht ergriff, indem er weder bestätigte, noch verneinte und lieber schnell jemand anderen dran nahm. Das führte zu guten mündlichen Noten für Ninas Freundin.
Carmen war noch während des Studiums schwanger geworden, von einem Studenten, der sie wenig später kurzerhand hochschwanger sitzen ließ. Sie bekam einen Sohn, der schon fünf war, als Nina ihre Tochter Lilia zur Welt brachte.

Während Nina 1988 nach Hamburg gezogen war und lange dort gelebt hatte, war Carmen in Berlin geblieben und hatte nach zahlreichen, unglücklichen Liebschaften Alexandro kennen gelernt, einen verkrachten Künstler und Architekten, den es, mit einem Berg voller Schulden im Gepäck, von einem luxuriösen Leben auf Lanzarote in die Umbruchzeiten der so genannten Wende nach dem Mauerfall, nach Berlin verschlagen hatte.

`Meine große Liebe´ hatte sie ihn genannt. `Hochbegabt´, `begnadeter Künstler´ waren die Begriffe, die Nina als erstes über Alexandro am Telefon zu hören bekam.
Carmen war hin und weg. Sie war verschossen bis zum Gehtnichtmehr.

Einmal hatten sich die Freundinnen bei Ninas Eltern in Brandenburg getroffen. Carmen wollte damals eigentlich über Nacht bleiben, was nicht möglich war, da sie so große Sehnsucht nach ihrem Geliebten hatte. Der holte sie dann auch mit dem Auto ab und Nina lernte ihn kennen.

Eitel und arrogant waren die Eigenschaften, die sie ihm zugeschrieben hatte. Zudem besitzergreifend und dominant, die beiden Begriffe hatten ebenso gepasst. Ein Schönling, der sich beim Passieren einer Schaufensterscheibe, oder eines Spiegels tief in die Augen blickte und sein Haar zurück strich.

Für Nina wäre er kein Mann gewesen. Aber es freute sie für Carmen, dass es nun endlich geklappt zu haben schien, mit ihrem Prinzen.
„Wenn ich den halten will, muss ich noch mal schwanger werden", hatte Carmen dann irgendwann am Telefon verlauten lassen.
Zu der Zeit waren beide Mitte 30 und für Nina war die so genannte Familienplanung längst abgeschlossen. Sie lebte mit Mann und Kind in Hamburg, hatte ihren Job, war viel auf Reisen und eigentlich recht zufrieden mit ihrem Leben.

Der erste Versuch Carmen´s nun zwingend folgender Schwangerschaft war daneben gegangen. Im dritten Monat war sie an einer Bushaltestelle mitten in Berlin von einem Hund gebissen worden und weil der Hund danach verschwand, war das Kind wegen einer möglichen Tollwut abgetrieben worden. Nina war das Ganze schleierhaft, aber Carmen hatte es ihr ganz aufgelöst am Telefon genau so beschrieben.

Ein halbes Jahr später war sie wieder schwanger und seit dem, so wie es Nina sah, muss die Tragödie ihren Anfang genommen haben.
„Ich versuche es noch einmal." Nina nahm den Hörer und tippte erneut die Wahlwiederholung.

„Das ist sonderbar. Wo sollen die denn sein, um die Zeit am Samstagmorgen? Da sitzen Familien doch normalerweise beim Frühstück", antwortete ihre Mutter.
Nina hörte das Klingeln, wieder acht mal und das Faxgerät sprang an.

Das Telefon läutete schon wieder.
Alexandro spürte den Druck im Magen. Über dem Telefon an der Wand das Bild, das er vor Jahren gemalt hatte. Es zeigte ihn und Lewin, seinen Sohn und Carmen, seine Frau. Schon damals, als das Foto mit der Kamera geschossen worden war, das er als Grundlage für sein Ölbild benutzt hatte, war er nicht mehr glücklich gewesen.
Carmen war schwierig. Als Nachkömmling allein mit der psychisch angeschlagenen Mutter aufgewachsen, die Jahre zuvor schon vom Vater verlassen worden war, war sie natürlich nicht in optimalen Verhältnissen groß geworden.
Aber was interessierte ihn das? Sie war Schuld daran, dass er hier in Berlin festsaß mit Kind, Haus und Frau. Berlin – was soll so toll sein an Berlin? Voll, teuer, dreckig, chaotisch. Und wie war er denn aufgewachsen? Auch sein Vater hatte die Mutter mit zwei Kindern sitzen lassen.
Einem Schöngeist wie ihm war die Stadt, in der er nun lebte, zuwider. In seinem Haus aber, das man durchaus Villa nennen konnte, in Gelb- und Vanilletönen gehalten, in chicken Bars und Restaurants, umgeben von schönen Frauen und erfolgreichen Männern, fühlte er sich wohl.
Und er wollte immer einer von ihnen sein.

Die ersten Jahre in Berlin waren grandios gewesen. Es hagelte gute Aufträge für Alexandro und nicht nur in Berlin. Auch in Spanien, seinem Lieblingsland, konnte er arbeiten. Er plante große Wohnkomplexe für reiche Auftraggeber, Hotels und Villen. Es war herrlich gewesen.

Bald aber kam der Abstieg, Betrug und falsche Freunde und nach einigen Millionen, die er gemacht hatte, saß er nun erneut auf einem Schuldenberg. Mit Mühe und Not konnte er das Haus halten. Fast hätte das Finanzamt alles einkassiert.

Zur Zeit zahlte Carmen die Zinsen und den Abtrag, so wie sie eigentlich auch alles andere zahlte. Dieser Umstand und natürlich sein Sohn, sein Ein und Alles, waren überhaupt der Grund, weshalb er sich nicht schon längst zurück in den Süden verdrückt hatte.

Von seiner Frau fühlte er sich schon lange nicht mehr angezogen. Sie kotzte ihn an. Als er sie damals traf, wog sie fünfzig Kilo, hatte wundervoll langes, volles, schwarzes Haar, Augen wie schwarze Mandeln und ein Temperament, das er sonst nur von seinen kanarischen Geliebten kannte und noch nicht mal die waren so ungezähmt und freizügig wie Carmen es anfangs gewesen war.

Jetzt war sie fett, die Haare von grauen Strähnen durchzogen, die Augen umringt von immer mehr Falten und dunklen Schatten. Und ihre Art erst! Wie hatte sie sich verändert! Sie war einfach alt geworden.

Er wusste nicht, wie lange er schon nicht mehr mit ihr geschlafen hatte. Eine ganze Anzahl verschiedener Frauen lag dazwischen, meist one-night-stands, die er in irgend einer Hotelbar, oder im Spielcasino, wo er die letzten Jahre viele Tage und Nächte zugebracht hatte, aufgegabelt hatte.
Nur eine Affäre hatte ihm mehr bedeutet und war über Jahre gelaufen. Sabrina, eine Psychologin aus München, hatte es ihm angetan. Sie war schön, gepflegt, erfolgreich und aufgrund einer inzwischen geschiedenen Ehe von einem wohlhabenden Anwalt, gut situiert. Genau so liebte er es. Ihre zwei Kinder wusste sie jederzeit anderweits unterzubringen, wenn er sich, damals selbst noch erfolgreicher Architekt, von seinem Berliner Alltags-

leben für ein paar Tage loseisen konnte.

Der Druck auf seinen Magen wurde schlimmer, immer schlimmer. Es war kaum auszuhalten.
Die Hand voller angetrockneten Blutes krallte sich in das weiße Leder und seinen Schlund umklammerte ein Würgereiz. Er übergab sich direkt zwischen seine Beine und das Erbrochene lief von seinen Hosenbeinen und dem Leder des Sessels auf den spiegelglatten Marmorboden.
Ein zweites mal erbrach er sich beim Hochkommen und wankte ins Bad, das seit Tagen nicht geputzt worden war.
Der Spiegel offenbarte eine Fratze, verschwitzt und mit großen, müden, wahnsinnigen Augen, weit aufgerissen, wie sie nie zuvor gewesen waren.
Mitten im Bad brach er zusammen, fiel zuerst auf die Knie, dann ganz auf den Boden und seiner Kehle entglitt ein unsagbar grauenvoller Schrei, der nicht enden wollte.

Zwei Tage später klingelte es an der Tür.
Alexandro durchfuhr ein Schrecken und er sah auf den Bildschirm des Videospions.
Nein, es war nicht der Postbote, auch kein Paketdienst, was er insgeheim gehofft hatte. Es war Frank, Carmens Bruder.

Sollte er öffnen? Klar, wieso nicht? Zwei Tage lang hatte er sich immer wieder Beschäftigung im Garten gemacht, um zu sehen, ob die Nachbarn irgendwie anders waren als sonst, aber nichts war ihm aufgefallen. Krach, Geschrei und Streit waren sie gewohnt aus der Villa Nummer sieben. Ab und an hatte irgendwer aus der Nachbarschaft die Polizei angerufen und wenn die Beamten kamen, hatten Carmen und Alexandro immer wieder glaubhaft vermitteln können, dass alles entweder Spaß, oder eben bedeutungslos und auf ihr beider Temperament zurückzuführen war.

Die Beamten tranken einen Kaffee, stellten fest, dass es sich um eine gut situierte Familie zu handeln schien und weg waren sie wieder.

Frank klingelte ein wiederholtes mal und Alexandro bemühte sich um eine möglichst lockere Ausstrahlung als er die Tür öffnete.

„Hallo Alex, wie geht's?" „Komm rein. Alles ok soweit. Ich frage mich nur, wo Carmen sich wieder rumtreibt."

„Ist sie nicht da?"

„Nein." Alexandro sah sich um, als könnte Carmen irgendwo im Zimmer stehen.

„Sie war am Freitag bei ihrer Freundin Nina in Brandenburg eingeladen. Die Mutter hatte Geburtstag. Ich versuche schon die ganze Zeit, Lewin auf dem Handy zu erreichen, Carmen hat ja zur Zeit keins, bis ich feststellte, dass sein Handy in seinem Zimmer liegt. Ich mache mir langsam Sorgen."

„Hast du denn versucht die Freundin zu erreichen?"

Natürlich hatte er das nicht versäumt und entweder Glück, oder Unglück gehabt, je nachdem, wie die Sache sich entwickeln würde. Es war niemand ans Telefon gegangen.

„Ja klar habe ich. Aber es ging niemand dran."

„Wie oft hast du es denn versucht?"

„Mehrmals auf jeden Fall."

„Das ist wirklich komisch. Sie heißt doch Nina, oder? Und sie wohnt doch auch nicht mehr in Brandenburg, soweit ich weiß."

Alexandro schlug sich vor den Kopf.

„Ach, na klar! Vielleicht ist sie wieder hoch, zu sich nach Hause gefahren und die haben die Mutter dabei, bei der Nina war. Carmen hat Urlaub, Lewin Ferien … du weißt ja, wie es bei uns steht. Wahrscheinlich sind sie mitgefahren, ohne mir etwas davon zu sagen."

„Lewin und dir nichts sagen?"
Tatsächlich wäre das völlig ungewöhnlich. Lewin war immer das Papa-Kind gewesen.
Nina nannte ihn seit ein paar Jahren nur noch den „Spitzel", weil er alles, was passierte und gesagt wurde, brühwarm seinem Vater berichtete. War Carmen mit ihm bei Nina, rief er alle paar Stunden „bei Papa" an, weil er sich Sorgen machte, dass Papa alleine war und sich einsam fühlte.

Carmen hasste Alexandro dafür, dass er den Sohn benutzte und an sich band wie eine Klette.
Ständig hieß es „Lewin, du bist mein Ein und Alles. Du bist mein einziger Freund. Wenn du nicht wärst, wäre ich nicht mehr hier."
Den jetzt Elfjährigen nahm er damit völlig für sich ein und gab ihm das Gefühl, für seinen Vater verantwortlich zu sein. Deshalb auch die ständigen Anrufe, mit denen der Junge jeden Gastgeber terrorisierte. „Ich muss mal Papa anrufen. Kann ich?"
Eigentlich sollte das niemals Grund für ein „nein" sein und es erschien auch irgendwie niedlich. Wenn man aber die Hintergründe kannte, war es schwierig.
Und nun keine Anrufe von Lewin? Und Alexandro tat nicht mehr, als sich wundern?

Er sah den ungläubigen Ausdruck in Franks Augen.
„Ach weißt du Frank, Lewin wird auch größer. Irgendwann muss er sich ja mal ein wenig von seinem Vater abnabeln."
„Hast du Nina´s Nummer?"
„Ja. Das heißt - nein. Aber Carmen muss sie irgendwo haben. Ich schau mal nach."
„Wie heißt sie jetzt? Sie ist doch zum zweiten mal verheiratet, oder?"
„Mensch, das weiß ich nicht. Ich höre immer nur Nina. Sie hat einen Doppelnamen, soweit ich weiß."
Alexandro wühlte inzwischen in irgend welchen Schubfächern herum.

Er suchte nicht wirklich nach Ninas Nummer, sondern nutzte die Zeit, um abzuwägen, womit er bei Frank jetzt rechnen musste.

„Sie hat ihr Notizbuch vermutlich mitgenommen," Alexandro sah auf, während Frank sich überlegend in Bewegung setzte.
„Und das Telefon? Vielleicht ist eine Nummer gespeichert."
Frank nahm den Hörer und drückte ein paar Knöpfe.
„Hier ... Nina, hier ist ihre Nummer", und schon hatte Frank den Hörer am Ohr. Sekunden vergingen, ' tak tak tak' , nichts.
„Hm. Scheint nicht da zu sein. 04361 ... muss aber im Norden sein. Hamburg hat doch Vorwahl 040. Ich versuch´s noch mal."

Das gleiche Spiel und Alexandro fühlte sein Herz bis zum Hals klopfen, während er um eine lockere Coolness bemüht war.
Aber auch dieses mal schien niemand zu antworten. Erneut wählte Frank. „Hm. Eine Handy-Nummer steht nicht drin für Nina."

„Ey, das passt doch. Die sind am Strand, so wie das Wetter heute ist."
„Alex! Das glaubst du nicht im Ernst! Was ist hier los?"
Frank sah Alexandro in die Augen, kniff seine eigenen dabei zusammen. Irgend etwas stimmte hier nicht.

„Erzähl mir nichts Alex. Lewin ruft sonst fünf mal am Tag bei dir an, wenn er irgendwo anders ist – ach was sag ich – zehn mal! Und wo er sich jetzt nach zwei Tagen nicht mal meldet, machst du dir keinen Kopf? Erzähl mir nichts!"

Alexandro spürte, wie sich sämtliches Blut aus seinem Kopf in Richtung Erdboden auf den Weg machte.
Er fühlte sich wie in einem Karrussel, das immer schneller und schneller fuhr. Bevor ihm seine Beine aber wegknickten, war Frank aufgestanden und ohne ein Wort aus der Haustür ver-schwunden.

Jetzt war er allein. Was dachte er sich? Dass niemand Carmen vermissen würde?
Dass niemand darauf kommen würde, was er getan hatte?
Er hatte den Spaten, an dem das Blut klebte, gereinigt. Aber heutzutage konnte man in Nullkommanichts Blut aus dem Jenseits wieder hervor befördern! Ha, Jenseits! Wie passend! Er verzog das Gesicht und vergrub es in seinen Händen.

Es wurde Abend. Alexandro stand an der Terrassentür und starrte in den Garten. Er hörte Schreie. Schreie aus einer anderen Welt. Schreie, die in einem Gurgeln endeten - oder wie bei Lewin - abrupt erstickten. Er sah Blut spritzen, Gliedmaßen, die unter der Wucht seines scharfkantigen Spatens abgetrennt wurden, zerteilte, splitternde Knochen. Pures Grauen.

Er schaute sich um. Sein Haus, ein vanillefarbenes Kleinod inmitten der Metropole Berlin. Auf dem Tisch ein benutztes Geschirrhandtuch, Staub begann sich auf den Möbeln nieder-zulassen. Stille. Es war etwas feucht und roch nach Erde und Morast, ein Duft, der oft an Sommerabenden vom nahe gelegen-en See zum Haus hinüber zog. Die Sonne ging schon unter. Jetzt zog ein sanfter Grillgeruch über das Grundstück, ein Hund bellte in der Ferne, Geschirr klapperte, eine Grille zirpte ihr Abendlied. Wie schön hätte alles sein können. Wie schön war alles gewesen.

Nina war gerade von der Arbeit gekommen, als ihr Telefon klingelte und Frank, Ninas Bruder, sich meldete. Die beiden kannten sich nur vom Hören und aus Erzählungen. Frank war vierzehn Jahre älter als Carmen und deshalb bereits ausge-zogen, als Nina Carmen kennen gelernt hatte.

„Nina. Es ist eigentlich nur noch eine formale Frage: Carmen und Lewin sind nicht bei dir?"

Schlagartig begann ihr Herz lauter zu pochen.

Sie schüttelte den Kopf, was nur ihre Mutter, die neben ihr stand, sehen konnte.

„Nein. Nein, sind sie nicht." Nina war in diesem Moment klar, das die Vermutung, die sie nun schon seit drei Tagen hegte, keine bloße Vermutung gewesen war, sondern eher eine düstere Ahnung.

„Ich habe selbst schon ein paar mal versucht, Nina zu erreichen. Sie wollte sich eigentlich melden, nach dem Geburtstag meiner Mutter. Hatte sie aber nicht. Was ist denn los? Sie ist wohl gar nicht zu Hause!"

„Sie ist nicht hier, Nina. Sie sind gar nicht hier angekommen. Zumindest behauptet das Alex, ihr Mann."

„Hör auf, Frank, mir wird ganz übel. Auch von Lewin kein Wort?"

„Nein. Nichts."

„Ist ja wohl klar, dass da was faul ist. Ich hab´s geahnt." Immer wieder schüttelte Nina den Kopf.

„Scheiße, ich muss die Polizei benachrichtigen."

„Ja. Unbedingt."

Noch am selben Nachmittag fanden sich Beamte der Kripo am Haus Nummer sieben des Seeweges ein.

Niemand öffnete.

Am nächsten Tag das gleiche Spiel, doch war dieses mal auch Carmens Mutter, die einen Hausschlüssel besaß, vor Ort.

Die Sonne schien, die Jalousien waren fast ganz herunter gelassen, so wie die Tage zuvor auch schon.

Der Eingangsbereich gab einen weiträumigen Blick in den unteren Wohnraum, bis zur Terrasse und in den Garten, frei. Die Flügeltüren der Terrassentür waren geöffnet, während die Vorhänge sich leicht im sanften Sommerwind bewegten. Doch etwas passte nicht ins Bild.

Die hellen Marmorfliesen waren voller grober Flecken. Erde und erdene Schleifspuren zogen sich von der Terrassentür durch den gesamten Raum bis zur Tür des Badezimmers, welches man jedoch von der Stelle aus, an der Carmens Mutter in Begleitung der Beamten jetzt stand, nicht einsehen konnte.
Die Zweiundsiebzigjährige blieb wie versteinert stehen.
Oft genug hatte sie diesen Augenblick bereits gedanklich durchlebt. So, oder anders. Immer aber war es so ausgegangen, wie sich vermutlich jetzt gleich herausstellen würde.

Oft genug hatte ihre Tochter vor ihrer Tür gestanden, verheult, aufgelöst, manchmal grün und blau geschlagen.
Wie oft hatten sie und ihre Kinder Frank und Sonja versucht, Carmen davon zu überzeugen, Alexandro zu verlassen, dessen Jähzorn in den letzten Jahren immer brutalere Ausmaße angenommen hatte.
Immer wieder war sie zu ihm zurück gekehrt, wohl auch des Umstandes wegen, dass sie nie bereit gewesen war, das Märchen, das sie einst gelebt hatte, als ausgeträumt zu betrachten.

Carmen hatte am meisten darunter gelitten, als der Vater ihre Mutter wegen einer anderen verlassen hatte und sie mit einem Vierzehnjährigen, einer Dreizehnjährigen und dem kleinen Mädchen, das ein Papa-Kind gewesen war, sitzen ließ.
Sie hatten ein armes Leben geführt, wenn das in der damaligen DDR auch nicht viel hieß, denn große soziale Unterschiede gab es in diesem System kaum.
Zeit hatte sie für Carmen aber nie gehabt. Die Großen gingen ihrer Wege, Carmen war ein Schlüsselkind geworden und nach der Schule meist allein zu Hause in der 5-Zimmer-Altbauwohnung im Prenzlauer Berg.
Sonntags ging es in die Broiler-Stube, wo bereits eine lange Schlange vor dem Eingang stand und wo man nicht nach einem Tisch, sondern nach einem Platz fragte. Das führte dazu, dass jedes Familienmitglied sein Sonntagsessen in Form von Broiler und Pommes, mit fremden Menschen am Tisch sitzend, einnahm.

Einen ganzen Tisch für vier Personen zu bekommen, war praktisch aussichtslos gewesen.

In Carmen hatte sich in diesen Jahren der Wunsch nach einer heilen Familie manifestiert, der auch Wirklichkeit zu werden schien und auch, wenn sie inzwischen in einer Scheinwelt lebte, sie konnte nicht anders, als weiter machen.
Was war auf sie eingeredet worden, von allen Seiten. Ein mal war es schon soweit gewesen, dass man im Frauenhaus auf sie gewartet hatte, nachdem Alexandro seine Frau alle Stufen der Treppe hinunter geschubst und sie sich den Kopf aufgeschlagen hatte.

Auch dieses mal verzieh sie ihm. Niemand konnte es begreifen.

Irgendwann hatten es ihre Mutter und die Geschwister aufgegeben.

Carmens Mutter stand noch an der Tür, als einer der sie begleitenden Männern auf sie zukam. „Gehen sie besser nicht da rein." Fliegen saßen auf den Schleifspuren am Boden und es roch ganz anders als sonst in diesem Haus.

„Doch! Ich will es sehen. Ich muss."

Die Frau setzte sich mit langsamen Schritten in Bewegung. In ihr tobte ein Kampf aus Angst und Grauen.

Die Schleifspur führte direkt ins Bad. Die dunkelgrünen Fliesen wurden sichtbar und mit ihnen eine am Boden liegende Gestalt voller Erde. Carmens Mutter erkannte die Turnschuhe, die sie Lewin vor kurzem gekauft hatte. Neben ihm lag das, was von ihrer Tochter übrig war, voller Erde und eigentlich schon unkenntlich. Sie sah das lange, jetzt verklebte Haar.

Über beiden, seltsam schlaff von der Decke herab, hing Alexandro, seine chicken, gern getragenen Designer-Lederschuhe an den Füßen, die auch voller Dreck waren, wie ihre Tochter und ihr Enkelsohn.

Ein Beamter kam aus dem Garten und strich sich den Schweiß aus der Stirn.
„Er hatte sie wohl eingegraben und dann wieder ausgegraben."
Ein anderer nickte, während er telefonierte.
„Ich höre gerade, dass die Kollegen hier schon öfter gewesen sind. Sah wohl immer harmlos aus."

Carmens Mutter setzte sich auf die weiße Ledercouch und schloss die Augen. Sie war seltsam ruhig.

„Mama!" In Gedanken sah sie ihre Tochter in einem geblümten Kleid, ein Mädchen von vielleicht sechs Jahren, an einem Sommertag vor ihrem Haus in der Prenzlauer Allee.

Die Sonne schien, sie konnte die Wärme der Strahlen fast spüren.

„Mama!" Das Mädchen winkte ihr lächelnd zu, drehte sich um und ging davon.

Kein Zurück

Ich gebe zu, dass ich mir über den Tod noch nicht viele Gedanken gemacht habe. Hätte ich vielleicht tun sollen. Aber wer denkt schon über das Sterben nach - mit vierundzwanzig?

Doch der Tag kam an dem sich das ändern sollte. Es war März 2009. Ich hatte gerade meinen vierundzwanzigsten Geburtstag gefeiert und lebte mein Leben.
Mein Freund Tim fragte mich in der Uni, ob ich ihn am Nachmittag ins Hospiz begleiten könnte. Seine Großmutter lag dort im Sterben. Er wollte sie noch ein letztes mal besuchen, aber nicht allein gehen. „Danach werd´ ich ganz sicher ein Bier brauchen", meinte Tim.

So machten wir uns an diesem trüben Wintertag auf den Weg.
Ich hatte zwar schon von Hospizen, früher auch Sterbehäuser genannt, gehört, war aber noch nie in einem gewesen.

„Wie alt ist denn deine Großmutter?", fragte ich Tim auf dem vom Schmuddelwetter nasskalten Weg durch den Park, der zwischen U-Bahn-Station und Hospiz lag.

„Is noch nicht alt," überlegte mein Freund. „Müsste so Mitte sechzig sein. Hat aber Krebs im Endstadium. Meine Mutter hat das nicht mehr geschafft mit der Pflege zu Hause allein und meine Tante lebt in Spanien. Blieb nichts anderes übrig, als das Hospiz. Ist aber ganz nett da."

Wir sahen beide auf den Boden. Das Kopfsteinpflaster glänzte. Ich hatte zu Hause noch kurz geduscht und der Wind fühlte sich auf meinem noch feuchten Kopf besonders eisig an.

Das Haus war grau und düster. Genau so hätte ich mir ein Hospiz vorgestellt, wenn mir das je eingefallen wäre.

Innen war es nicht besser. Eine etwas schäbige Treppe führte in den Eingangsbereich. Es roch irgendwie abgestanden und muffig. Die Lampen an den Seiten der Korridore, jeweils eine zwischen den hohen Fenstern, welche an diesem Wintertag kaum Licht herein ließen, gaben nur einen spärlichen Schein von sich. Fast feierlich erschien mir das, zumal es ganz still war im Haus.

Neonbeleuchtung hätte wohl nicht gepasst, aber so hatte man den Eindruck, dass hier tatsächlich nichts anderes getan wird, als sterben.

„Ihre Großmutter liegt jetzt in Zimmer acht, den Gang hinunter und dann gleich der Korridor rechts, das zweite Zimmer", flüsterte eine ältere Mitarbeiterin am Empfang mit einem freundlichen Lächeln auf dem Gesicht.

Wir schlichen durch den Flur. Die nassen Schuhsohlen quietschten leise mit jedem Schritt. Links von uns Türen, die vermutlich zu den Bewohnern dieses eigenartigen Etablissements führten. Ob dahinter gerade jemand starb?

Es war eine Atmosphäre von - Tod - und ich dachte, lange halte ich das hier nicht aus.

Eine Holzbank. Die kam mir gerade Recht.

„Hey Tim, hast du was dagegen, wenn ich hier warte?"

„Nein Stefan. Ist ok. Ist auch besser, wenn ich allein zu ihr rein gehe. Auch für sie, weißt du. Ich komm nachher wieder hier rum und hol dich ab."

„Alles klar. Ich werd´ hier sein."

Ich ließ mich mit einem Seufzer auf die schwere, karge Holzbank fallen und ärgerte mich, dass ich nichts zum Lesen mitgebracht hatte. Zeitschriften, oder ähnliches, waren nicht in Sicht.

Keine Nachricht auf dem Handy, also war Dösen angesagt.
Tim`s Schritte waren verstummt und ich hörte eigentlich nichts
mehr. Ideal zum pennen. Also Kopf in den Nacken, Arme
verschränkt und gute Nacht.

Ich zog mir noch die Kapuze ein Stück über die Ohren und spürte
die vertraute Schläfrigkeit, die ich relativ schnell herbei rufen
konnte, sobald sich die Gelegenheit für ein Nickerchen bot.

Kennen Sie so einen Zustand von Halbschlaf?
In so einem muss ich mich wohl befunden haben, als ich eine
Stimme hörte.

„S-t-e-f-a-n!"

Ich öffnete die Augen, dachte im ersten Moment, ich wäre
richtig eingeschlafen und Tim schon wieder da.
Niemand war zu sehen. Quatsch. Hab wohl geträumt. Augen
wieder zu und tief ein und aus atmen.

„S-t-e-f-a-n....!"

Es ist nicht schön in der Einschlafphase geweckt zu werden.
Grimmig schreckte ich hoch.

Wieder nichts. „Was soll der Mist?" Ich wusste nicht, ob ich nun
tatsächlich etwas gehört hatte, oder ob ich ernsthaft Schlaf
brauchte.

Als mein Name von Neuem gerufen wurde, riss es mich hoch,
denn ich erkannte, dass die Stimme aus dem Zimmer direkt vor
mir kam. Allerdings war die Tür geschlossen. Wer sollte mich
rufen? Wer wusste denn, dass ich hier war? Sollte Tim da
vielleicht rein gegangen sein? Aber war es denn seine Stimme
gewesen?

Ich überlegte kurz, näherte mich der Tür und legte mein Ohr an die kühle, glatte Fläche.

„K-o-m-m-d-o-c-h-r-e-i-n-S-t-e-f-a-n!"

Es war ein Säuseln und in dem Moment, als ich erkannte, dass ich die Stimme nicht aus dem Zimmer, sondern in meinem Kopf gehört hatte, drückte ich auch schon die Klinke herunter.

Durch den sich langsam erweiternden Spalt konnte ich einen spärlich beleuchteten Raum erkennen. Der Schein der Bettlampe fiel auf den Nachttisch. Daneben stand ein Bett mit dem Kopfende an der Wand. Jemand lag dort, ich konnte ihn jedoch nicht sehen. Zu dunkel war der Raum und die Person drehte mir scheinbar den Rücken zu.

Es roch nach Franzbranntwein.

Das Bettzeug bewegte sich ganz leicht und ich hörte ein Wimmern:

„Da bist du. Ich habe so lange auf dich gewartet."

Ein uraltes Gesicht drehte sich zwischen den weiß und hellblau gestreiften Kissen mir zu. Ich konnte es kaum erkennen, doch es schien ein alter Mann zu sein.

Ich schloss die Tür hinter mir leise und ging etwas näher heran. Dieser Mann konnte mich nicht kennen. Der musste mich verwechseln.
Unzählige Runzeln prägten sein Gesicht. Die Augen hatte er geschlossen. Langsam bewegte er sich unter der Decke, um mir unsicher seine Hand entgegen zu strecken. Ein knöcheriger, braunfleckiger, alter Arm kam zum Vorschein. An seinem Mittelfinger trug er einen Siegelring, der kurz davor war, herunter zu rutschen, so dünn und zerbrechlich waren die Finger. Ich wollte

ihn auffangen und auf den Nachttisch legen, doch der Mann wehrte ab: „Neiiiin. Nicht."

Ohje. Was sollte ich jetzt tun?

„Komm her mein Junge!" Der Mann brachte die Worte unverständlich hervor und doch wusste ich, was er sich wünschte. Ich sollte mich auf den Stuhl neben seinem Bett setzen und seine Hand halten.

Er musste mich verwechseln. Wahrscheinlich hieß sein Enkel, oder womöglich Urenkel zufällig auch Stefan. Ich getraute mir nicht, ihm das zu sagen. Offensichtlich lag der Mann im Sterben. Und niemand war da. Kein Stefan, der sein Enkel war, niemand – außer mir.

Langsam ließ ich mich auf dem Stuhl nieder und raffte all meine Überwindungskräfte zusammen, um seine Hand zu nehmen. Seltsamerweise fühlte sie sich gut an, besser als sie aussah jedenfalls, weich, ganz zart und warm. Die Fingernägel waren einige Zeit lang nicht geschnitten worden.

Ich spürte, dass dem Mann keine Kraft mehr geblieben war. Sein Druck war schwach. Er atmete tief aus, als hätte er lange auf diesen Moment gewartet, sich nach dieser Berührung gesehnt.

Seine Hand in meiner kann ich das Gefühl, das in mir aufkam, nicht anders beschreiben als schön. Ich wurde ganz ruhig. Eine eigenartige Müdigkeit erfasste mich, war ich doch eh noch nicht ganz wach von meinem Schläfchen auf der Bank draußen im Flur.
Niemand sagte etwas und ich sank langsam gegen die Stuhllehne.
Der Atem meines Schützlings war ganz leise und ging langsam und flach. Ich hörte das Ticken einer Uhr. Wie spät es wohl war?

Vermutlich schlief ich ein.

Vor einem schwarzen, nächtlichen Hintergrund tauchte ein wunderschönes Mädchen auf. Sie war hübsch und trug bunte Kleider, hatte bunte Bänder in den langen schwarzen Haaren. Sie lachte mich verliebt an und streckte mir beide Arme entgegen, so, als wollte sie mit mir tanzen und ja! Ich tanzte! Ihre Hände in meinen, jungen, kraftvollen Händen. Wir drehten uns nach lustiger Bauernmusik. Ich tanzte immer schneller und schneller, wobei mich das Mädchen festhielt und immer lauter lachte. Im Kreis herum! Ihr Rock flog auf und ab, wir tanzten immer schneller.

Plötzlih gab es einen Szenenwechsel. Ich konnte nichts beeinflussen. Es war wie im Film.

Kälte durchfuhr mich jetzt und um mich herum war alles voller Sand, Geschrei und Getöse, überall!
Etwas fiel auf mich und ich fasste danach, um mit einem Aufschrei ein blutiges Etwas von mir zu werfen, von dem ich erkannte, dass es ein abgerissener Arm war.

Stand ich etwa in einem Schützengraben und hielt ein Gewehr in den Händen? Von Dreck verkrustet waren diese, ja, mein ganzer Körper war verdreckt, soweit ich das bei dem diffusen Licht an jenem Ort beurteilen konnte.
Es krachte und irgend etwas flog mir erneut um die Ohren, doch es gab schon den nächsten Szenenwechsel. Da befand ich mich auf einer großen, weiten Wiese. Die Sonne schien, es roch nach Sommer und neben mir ging ein junger Mann.

„Na Stefan, kommst du mit?" fragte er mich.
Ich verstand nicht und ich kannte ihn auch nicht.
Und ich hatte keine Stimme. Obwohl er mich fröhlich fragend anblickte, konnte ich nicht antworten.

„Komm mit Stefan!" Der Kerl sah gut aus, etwas altmodisch ge-

kleidet, mit einer Strickjacke, Hemd, Krawatte. Er lief ein paar Schritte voraus und sah sich zu mir um, während er immer noch fröhlich lachte.
Mit dem Kopf machte er eine ruckartige Bewegung nach vorn, als wollte er mir zeigen, wo es hingehen sollte.
„Los komm, sei kein Frosch. Begleite mich!"
Ich sah in die Richtung, in die er genickt hatte und da stand, völlig unreal, mitten auf der Wiese, zwischen Blumen und hohen Gräsern, eine Tür.
Solche Bilder hatte ich schon gesehen, aber hier war es echt. Ich konnte die Wärme der Sonne und das Gras unter meinen Füßen spüren.

'Was soll das hier?', fragte ich mich. Reden konnte ich nach wie vor nicht.
Der junge Mann ging noch ein Stück und blieb dann stehen, direkt vor der Tür.

„Also....?" Er wackelte lustig mit dem Kopf hin und her, als wolle er mich mit seiner Heiterkeit überzeugen.

„Also - ich geh jetzt." Das sagte er, tat es aber nicht. Er wartete und trampelte ein wenig aufgeregt hin und her, zupfte an einem Grashalm, pflückte ein Blümchen, schnupperte daran, sah mir tief in die Augen und warf es wieder weg. Albern war das regelrecht.

Ohne mich schien er nicht gehen zu können.
Er kam auf mich zu, fasste meine Hand und wollte mich mit sich ziehen. Dabei lachte er unentwegt, fast nervös wirkte dieses Getue inzwischen.
„Also...ich zähle jetzt bis drei." Wieder ging er zu der Pforte und nahm die Klinke in die Hand, trat dabei von einem Bein auf 's andere. Stillstehen schien nicht sein Ding zu sein.

„Eeeeiiiiiiiiinnnnnnnnns...."

„Ich komme nicht mit." Auf einmal konnte ich reden.
Der Blick meines Begleiters verfinsterte sich umgehend und er schien nicht zu begreifen.
„Wie – du kommst nicht mit?"
Sein Lachen war verschwunden. Er trampelte auch nicht mehr herum und aus dem Gesicht des netten jungen Mannes wurde auf erschreckende Weise eine grimmige Fratze.

„Ich komme nicht mit dir."
Er, innerhalb von Sekunden um mindestens dreißig Jahre gealtert, kreischte:

„Du Hund. Du kommst nicht mit? Wieso kommst du nicht mit?"
Seine Visage starrte mich jetzt böse an.
„Du gemeiner Hund! Was heißt das, du willst nicht mit? Das hast du dir so gedacht! Du kommst! Und wenn ich dich in Stücken mitnehmen muss."

Ich bekam Angst. Obwohl mir die Situation aberwitzig erschien, war sie doch ganz wirklich. Ich spürte das Gras und die Luft um mich herum. Es war kein Traum.

„Nein," hörte ich meine Stimme „ich werde hier bleiben. Du kannst nichts tun. Ich gehe nicht mit dir."
„Dann krepier´ doch hier! Krepier´ doch!", brüllte der jetzt in einen etwa siebzig Jahre alten verwandelte Mann, riss die Tür auf, knallte sie hinter sich zu und war verschwunden.

Und wieder eine neue Szene.
Ich lag auf dem Rücken und erkannte im ersten Moment nicht, wo ich war. Auch im zweiten und dritten nicht.
Entweder war ich blind, oder es war stockfinster.
Meine Hände lagen neben mir, unter mir ein hartes Brett, oder so etwas. Auch die Seiten waren begrenzt und es war eng.
„Oh Gott!"

Sofort riss ich die Arme hoch und schlug mit den Handknöcheln gegen etwas ebenfalls Hartes, das scheinbar über mir war. Schlagartig verfiel ich in Panik und versuchte alles um mich herum abzutasten, so weit dies in diesem engen Raum überhaupt möglich war.

Mein Atem ging schneller und schneller und ich begann zu zittern.

„Nein! Oh nein! Hilfe!"

Ich war gefangen, gefangen in einem Kasten und es schoss mir durch den Kopf: Ein Sarg!

Können Sie sich vorstellen, was man in so einem Moment empfindet? Haben Sie sich das jemals vorgestellt?

Man ist nicht mehr man selbst, wissen Sie? Man wird zu einer Kreatur. Die Panik ist überwältigend!

Das kalte Grauen umklammerte mich noch fester als mein Gefängnis und ich schrie und brüllte aus voller Kraft. Ich brüllte so, dass mir der Schlund bis tief in die Brust hinein brannte. Ich knallte meine Fäuste gegen die eng an mir liegenden Wände, versuchte mich zu drehen, begann zu schwitzen und hatte das Gefühl, zu kollabieren.

Ich heulte und war außer mir. Lieber nicht bewegen!

Luft! Luft! Ich werde ersticken! Ich jappste und brüllte und schlug um mich, was kaum möglich schien so eng wie die Planken neben mir waren. Die Dunkelheit! Ich würde nie wieder Licht sehen! Ich kniff die Augen so fest zusammen, wie ich nur konnte.

Nie wieder sehen, nie wieder frei atmen, nie wieder auf zwei Beinen stehen, nie wieder trinken. Trinken! Was hatte ich plötzlich für einen Durst! Wasser! Wasser!

Ich versuchte mich zu drehen und spürte die Schmerzen nicht, die von den Verletzungen an den Händen und Ellenbogen hervorgerufen wurden.

Die Ohnmacht rettete mich vor dem Verrücktwerden.

Was war das? Ich hatte etwas in der Hand! Metall? Ich brüllte und spürte, wie mich etwas am Arm umklammerte.

Und da! Ich riss die Augen auf und sah Menschen! Jemand musste mir gerade eine Spritze gegeben haben. Zwei Männer hielten mich fest. Es war hell. Tageslicht!
Keine Dunkelheit! Kein Sarg. Um mich herum ein vertrautes Bild. Ich saß auf der Bank, auf die ich mich gesetzt hatte, als wir in das Hospiz gekommen waren.
„Na na na...das ist ja gerade noch mal gut gegangen", meinte der Typ, der mir die Spritze verpasst hatte und gerade dabei war, Verbandmaterial aus seinem Koffer zu holen.

„Hat Ihr Freund sich selbst geschlagen, oder was ist los?" wandte er sich Tim zu, der verschreckt im Hintergrund stand.
„Was haben Sie genommen?" fragte er dann mich. „Hey! Hey! Was haben Sie genommen?"

Oh Mann. War das ein Traum gewesen, dachte ich völlig außer mir. Realer geht's nicht. Benommen rieb ich mir das Gesicht.

„Ey Alter, was machst du denn für´n Scheiß? Pennst hier ein und fängst an zu randalieren. Wie seh´n denn deine Hände aus?" Tim war ganz blass.

Ich sah an mir herunter und sah die blutigen Knöchel.
Jetzt wusste ich gar nichts mehr.
„Ja, haste toll hinbekommen. Die ganze Wand ist voller Blut. Hast du ´n Tobsuchtsanfall gehabt, oder was? Haust hier im Schlaf gegen die Wände! Man man."

Bilder entstanden in meinem Kopf und ich erinnerte mich.

„Ich hab nur kurz gepennt. Und auf einmal - auf einmal war ich da drüben bei einem Mann im Zimmer" stotterte ich.
„Der ... der lag im Sterben glaube ich! Da drüben. Gleich die

Tür. Ey, was war das? Was ...?"

„Wer?" meinte die Schwester, die uns empfangen hatte und die jetzt ebenfalls hier stand.
„Herr Möbius? Waren Sie bei Herrn Möbius im Zimmer?"

Sie hatte die Tür schon geöffnet, ging hinein und kam bald darauf wieder heraus.

„Herr Möbius ist eingeschlafen", waren ihre Worte.

Wie jetzt? „Eben lebte er aber noch. Ich hab´ seine Hand gehalten", gab ich zurück.

Ich konnte nicht anders. Ich musste den Mann sehen. War ich etwa hier eingenickt und hatte nur geträumt und aus irgend einem Grund tatsächlich um mich geschlagen?
Nein. Ich konnte nicht geträumt haben! Es war viel zu wirklich gewesen. Ich wollte sehen, ob `Herr Möbius´ der Mann war, der mich gerufen und mit dem ich gesprochen hatte.

Als ich aufstand, wollten mich die beiden Männer, die mich fest gehalten hatten, erneut packen. „Moment! Ich muss Sie verbinden!" hörte ich.

„Ich will nur mal sehen..." und schon war ich am Bett des Alten. Die Schwester war gerade dabei seine Hände zu falten.

„Den können wir jetzt abmachen," sagte sie und zog dem Verstorbenen den Siegelring vom Finger.

111

Der Morgen danach

- für meinen Kater Felix -

Ich hatte wieder einmal grauenvoll geschlafen.

Eigentlich ging das ja schon seit Jahren so, dass ich schlecht schlief, aber in den letzten Wochen, seit mein geliebter Kater verschwunden war, war es richtig schlimm geworden.
Nachts lag ich Stunden lang wach, um bei jeder Reaktion des Bewegungsmelders im Hof ans Fenster zu springen.
Nie war es Felix.

Auf dem Bauch liegend, den Blick zur Seite gerichtet, öffnete ich ein Auge. Mein Kopf dröhnte und mir war übel. Ich versuchte, mich aufzurichten. Das Schlafzimmer drehte sich und ich sah die völlig geleerte Packung Tabletten auf dem Nachttisch liegen. Daneben die halb leere Flasche Wodka. Dass ich das überlebt habe...

Ich ließ mich wieder fallen und drehte mich mit großem Kraftaufwand auf den Rücken.
Nach einem tiefen Atemzug streckte ich langsam erst einen Fuß aus dem Bett, bevor mein Magen so sehr rumorte, dass ich mich ins Bad schleppte. Mein Körper war wie Blei. Jede Faser schmerzte.

Auf dem Flur war es dunkel. Eigentlich sollte auch hier der Bewegungsmelder anspringen, aber nichts. `Scheiß Technik.´, fuhr es mir einmal mehr durch den Kopf.

Nach halb acht war es schon, ich musste mich beeilen. Meine Freundin Janna wollte um acht hier sein, um mich abzuholen.

Der Druck im Magen war plötzlich nicht mehr da, aber trotzdem verspürte ich überhaupt keine Lust auf ihr übliches Gutelauneprogramm, das sie sich ausgedacht hatte, um mich „mal da raus" zu holen, womit sie vermutlich meine hochgradig depressive Stimmung und die damit verbundene Lebensweise der vergangenen Wochen meinte.

Wie es ihr wohl gehen würde, wenn sie aus dem tobenden Großstadtleben in ein uraltes Haus mitten in der Pampa gezogen wäre, nur ihres Mannes zur Liebe, der sie dann kurz darauf wegen einer anderen genau in diesem Haus sitzen ließ, um wieder zurück in die Stadt zu ziehen?
Von einen Tag auf den anderen war ich allein, allein mit meinem Kater, wo noch nicht mal die Hälfte aller Umzugskisten ausgepackt war.

Ich war in Lethargie verfallen.

Nun war Mitte November und ich hatte mich seit der Trennung weitgehend auf dem großen Kuschelsofa in unserer Wohnhalle aufgehalten, meinen Kater kraulend und sein wärmendes Schnurren genießend. Das kleine, pelzige Leben neben mir, gab mir zu verstehen, dass es mich brauchte. Er stubbste seine Nase gegen meine Hand und genoss es einfach, mit mir hier in der Wärme den Nachmittag, den Abend, den Morgen und manchmal sogar die ganze Nacht zu verbringen.

Das Haus war mir noch fremd und ich betrachtete das Sofa als eine Insel des Friedens, denn wir hatten es auch schon in unserer Berliner Wohnung gehabt.

„Hey Lissi, ich bin um acht da. Und wehe du sagst wieder ab. Hast doch den Kater nicht mehr. Den kannst du jetzt nicht mehr vorschieben. Also lass´ uns ein paar Tage die Stadt unsicher machen."

Mir war nicht klar, was das bringen sollte, aber Janna hatte wohl Recht. Felix, den ich immer als Ausrede benutzt hatte und erklärte, dass ich mit dem Kater nicht wusste wohin, war vor drei Wochen spurlos verschwunden.

Es war eine Katastrophe für mich.

Ein Nachbar hatte ihn noch apathisch im Gras sitzen sehen hinter dem Haus, das Fell voller Dreck.

Er war mir entwischt, als ich an einem Freitagmorgen die Zeitung aus dem Briefkasten holte. Nie hatte er das gemacht. Ausgerechnet heute, wo ich einen wichtigen Termin hatte und für zwei Tage weg musste.

„Der wird angefahren worden sein, hier so dicht an der Straße", meinte mein Nachbar.

„Die werden hier alle tot gefahren. Was meinen Sie, junge Frau, wie viele Katzen uns hier schon tot gefahren worden sind. Manchmal werden sie auch nur angefahren. Dann verkriechen sie sich und gehen ein. Kann auch ein Marder gewesen sein, oder ein Hund, vielleicht auch ein Jäger, der ihn erwischt hat."

Mein Felix. Sollte er dem so gepriesenen Landleben zum Opfer gefallen sein? Der Realität dessen. Er kannte sich ja auch draußen nicht aus. Er wusste nicht mal, wo er war. Eingepackt in der Kantstraße mitten in Berlin, ausgepackt irgendwo in der Wildnis.

Alles hatte ich nach seinem Verschwinden nach ihm abgesucht, die gesamte Straße mit den Straßenrändern, überall die Leute befragt, Steckbriefe aufgehängt.

„Wenn die sich verkriechen, findet man die nicht wieder," meinte die Frau des Nachbarn. „Oder der Fuchs holt sie dann."

Es ging mir schlecht. Mein geliebter kleiner schwarz-weißer Kater, den ich mir vor fünf Jahren aus einem Tierheim geholt hatte - wer weiß, wie er verendet war.

Ich heulte viele Tage und Nächte, doch auch nach zwanzig Tagen hatte ich die Hoffnung nicht ganz aufgegeben.

Meine Arbeit, ich war freiberuflich für verschiedene Zeitschriften tätig, blieb liegen. Das Telefon nahm ich nur ab, wenn ich wusste, wer sich hinter der Nummer verbarg und dann auch nur, wenn ich mit demjenigen auch reden wollte.

E-Mails wurden nicht mehr beantwortet, nicht mal mehr gelesen.

Kurzum: Es ging mir saumiserabel.

Das ging nun schon die ganze Zeit so.

Ich stemmte meine Arme auf das Waschbecken und sah in den Spiegel, den ich fast mit der Nase berührte. Haarsträhnen hingen mir ins Gesicht, die Augen hatten tiefe Ränder. Ich war blass wie eine Wand.

Im Mund hatte ich einen Geschmack als hätte ich eine Ladung von der Gülle eingenommen, die hier gerade auf allen Äckern verteilt wurde.

Ich konnte keine Farben mehr sehen. Alles war in Grautöne getaucht.

Da war mir wohl was auf die Augen geschlagen.

Was für ein Elend. Welch ein Drama. Wo war nur mein kleiner Kater? Wo sollte er sein? Ich hatte nicht auf ihn aufgepasst und als er mich brauchte, war ich nicht da.

Ich zermergelte mir von neuem das Gehirn, stellte in Gedanken nach, was passiert sein könnte, bis es in meinem Kopf wie von Nadelstichen schmerzte.

Die Tränen liefen mir über das Gesicht. Alles war mir egal. Ich sank zusammen und landete auf dem Badezimmerteppich, schluchzend und verzweifelt.

Wie ein elender, nasser Sack lag ich mehr, als ich saß und ich weiß nicht, wie lange. Mein Gesicht war total verschmiert, als ich mich zum Toilettenpapier hochzog, mir ein Stück abriss und mir die Nase putzte.

Da hörte ich etwas. Mich zu bewegen war kaum möglich, ich fühlte mich zu schwer.

Was war das für ein Geräusch? Tap tap tap tap – und nach einer kurzen Pause noch einmal - tap tap tap.

Nein, unmöglich. Das konnte doch nicht sein. Ich lauschte. Tap tap tap tap tap. Ich kannte dieses Tappsen genau.

Kaum spürte ich meinen Körper noch, doch der Boden war kalt. Eine Spinne versuchte neben mir, der Situation zu entkommen.

Ich hob den Kopf und sah zur Treppe, deren oberen Abschluss ich von meiner eigentümlichen Position, am Boden des Bade- zimmers aus, gut im Auge hatte. Was war das? Das leise Tappsen verstummte und statt dessen ertönte ein leises Knurren. Nein, kein Knurren, ein Schnurren.
Meine desolaten Sinne schärften sich. Es kam von der Treppe.

Tap tap tap jetzt wieder. Meine Augen brannten. Ich wagte nicht sie zu schließen. Da sah ich zwei Öhrchen und mir stockte der Atem.

Mein kleiner Felix tappelte behutsam die Treppe hoch und setzte nun Pfötchen vor Pfötchen auf mich zu.

Denken wollte und konnte ich in diesem Moment nicht.

„Felix. Mein süßer Schatz. Wo hast du gesteckt?" Ich kraulte und liebkoste ihn. Er schmiegte sich an mich, seinen Eckzahn behut- sam in meine Hand hakend, so, wie er es immer gern getan hatte.
Ich nahm ihn in meine Arme und drückte ihn. Schnell befreite er sich, um sich an den Möbeln zu reiben.
Mein Kater war wieder da, mein lieber, treuer Begleiter!
Er war wieder da. Mein geliebtes Katerchen.

Da hörte ich Stimmen. Sie kamen von draußen.

Es klingelte. Ach ja, acht Uhr.

`Ich mache nicht auf. Ich mache einfach nicht auf´, dachte ich. Ich brauche kein Berlin mehr und ich will hier auf keinen Fall weg.

Noch immer saß ich am Boden und duckte mich. Janna sollte mich nicht sehen.
Soll sie doch sonst etwas denken. Mir ist es egal.
Felix schmiegte sich an mich und ich sah eine große blutige Wunde an seinem Bauch, die sogar auf dem Boden eine lange Blutspur hinterlassen hatte.

„Das Auto steht doch hier," hörte ich meinen Nachbarn sagen.
„Ich hab sie aber schon einige Tage nicht mehr gesehen."
Es klingelte wieder und wieder.

„Lissi! Lis! Mach auf. Du bist doch da! Was soll das?"

Nein. Ich würde die Tür nicht öffnen. Sie sollte verschwinden und mich in Ruhe lassen. Was hatte der Kater da bloß? Die Wunde sah schlimm aus und so viel Blut. Ihn schien das aber nicht weiter zu stören. Katzen!

Da hörte ich, wie der Schlüssel ins Haustürschloss gesteckt und aufgeschlossen wurde.
Ach ja! Janna hatte für Notfälle einen Ersatzschlüssel. So ein Mist.
Ich duckte mich und hoffte, sie würde nicht hoch kommen.

„Lis! Ey Lis, spinn nicht rum. Wo bist du?" hörte ich sie unten im Haus, während sie scheinbar alle Räume durchquerte.

„Is' wohl nicht da," meinte der Nachbar, der offenbar in der

Eingangstür stehen geblieben war.

Janna kam die Treppe hoch. Sie rief nicht mehr, sondern fluchte.

„Oh Mann Lis. Hast du wieder einen getrunken, oder was? Aufstehen!"
Sie kam hoch und sah mich nicht, wie ich hier im Bad auf dem Boden kauerte, sondern bog schnurstracks ab in Richtung Schlafzimmer, wo ich ihren Aufschrei hörte.

„Oh Gott! Oh Gott! Scheiße! Lissi! Lissi!"

Damit konnte ich nichts anfangen, es klang jedoch grauenvoll und ich fühlte mich genötigt aufzustehen und zu ihr zu gehen, auch wenn es schwer fiel.

Ich kam kaum hoch, so tat mir alles weh.

„Janna, ich bin ja hier," meine Kehle war wie zu geschnürt und es kam nur ein heiseres Krächzen aus mir heraus.
Was ich dann sah, verschlug mir restlos die Sprache.

Janna beugte sich über das Bett. Sie schrie immer wieder: „Lis. Lissi! Lissi, wach auf!" und rüttelte an einer Frau, die da auf meinem Bett lag. Auf meinem Bett!

„Lissi! Lissi oh Gott. Was hast du getan?"

Sie schrie und umarmte die Frau und hob sie hoch und die Frau ... das war ja ich!
Mein Körper lag in ihren Armen, bleich und leblos.

Janna griff nach der leeren Tablettenpackung und dann nach dem Telefon, das an meinem Bett stand.
„Ja - bitte kommen sie schnell. Waldweg 14. Bitte schnell. Es ist

etwas passiert. Nein. Sieht aus wie - tot. Bitte kommen Sie schnell."

Ich ging näher an das Geschehen heran. Janna war fassungslos, ließ mich wieder fallen, nahm meine Hand und zog an mir, womit ich die meine, die da auf dem Bett lag. Sie ohrfeigte mich und versuchte so etwas wie Mund-zu-Mund-Beatmung. „Mensch Lis. Bist du bescheuert? Lissy! Oh Gott!" Sie war völlig aufgelöst.

Da lag also ich. Das erklärte einiges, auch wenn ich das längst noch nicht begriffen hatte.
Da lag sie also, die Lis, die Lissy, die Elisabeth Wörner, geborene Erdmann, geboren am 14. September 1971 in Berlin Köpenick, verheiratet mit Heiko Wörner, dem Ehebrecher.

Ich sah an mir herunter und fühlte mich plötzlich seltsam durchscheinend.

„Janna," wollte ich sagen, aber es kam nichts aus mir heraus.
Was war denn geschehen?
Ich hatte gestern Abend doch noch auf dem Sofa gesessen. Im TV wurde der 11.11. gefeiert.

Da lag die leere Packung Schlaftabletten. Mir fiel ein, dass erst eine fehlte, als ich sie gestern Abend in die Hand nahm, nachdem ich in der Wohnhalle den Fernseher ausgeschaltet und mich mit der angetrunkenen Wodkaflasche die Treppe hoch geschleppt hatte.

An mehr kann ich mich nicht erinnern.

Zu einem Vorkommnis an einem sonnigen Tag

In Erinnerung an meine beste Freundin

Manuela war meine erste wirkliche Freundin gewesen.
Katja, ihre einzige Tochter, hatte uns zusammengebracht.
Es hatte Umstände in meinem Leben gegeben, die mich für eine Zeit ganz allein in eine niedersächsische Kleinstadt führten. Mann und Kind sollten später nachkommen.
Ich wohnte in einer Einrichtung, in welcher Manuela als Hauswirtschafterin tätig war.
Meine Zeit nach der Arbeit verbrachte ich häufig im Lese-Salon des Hauses, in welchem sich auch Manuelas damals 6-jährige Tochter des öfteren aufhielt. Als Alleinerziehende war Manuela froh, dass sie die Kleine bei Bedarf mit zur Arbeit nehmen konnte.
Ich vermisste meine eigene Tochter und freundete mich mit dem Mädchen an und als ich sie eines Tages zu einem Eis in die Stadt einladen wollte, musste ihre Mutter um Erlaubnis gefragt werden. Manuela schmunzelte über meinen Namen, Ella, weil ihre Großmutter so geheißen hatte und sie selbst oft so genannt wurde, als Abkürzung ihres eigenen Namens.
So lernten wir uns kennen und mochten uns auf Anhieb.

Schon bald bezog ich eine Wohnung ganz in Manuelas Nähe und auch mein Mann und mein Kind kamen endlich nach. Jahr um Jahr festigte sich meine Freundschaft zu Manuela und schon bald konnte ich zum ersten mal in meinem Leben sagen, dass ich eine Freundin hatte, eine echte Freundin, mit der man durch Dick und Dünn geht. So etwas hatte ich bisher nicht gekannt und auch sie nicht.
Natürlich gibt es Schulfreundinnen. Meine Freundschaften waren bis dahin aber immer sehr oberflächlich gewesen.
Und nun hieß es überall Ella und Ela, oder anders herum.

Unsere Kinder wuchsen heran. Wie viele Nachmittage verbrach-

ten wir zusammen, sie bei mir, ich bei ihr. Wie viele Wanderungen durch den nahe gelegenen Wald hatten wir unternommen, zu jeder Jahreszeit, mit dem Schlitten im Winter, oder auf der Suche nach Kräutern oder Wurzelwerk zum Basteln mit den Mädchen. Einkaufsbummel, Flohmarktbesuche, Geburtstags- und Silvesterfeiern, Kurztripps über´s Wochenende und auch die eine oder andere gemeinsame Urlaubsreise.
Über alles konnten wir reden. Manuela war für mich Mutterersatz, Schwesterersatz und beste Freundin zugleich.

Mit ihr konnte ich über Dinge reden, die ich sonst niemandem anvertraut hätte, weder meiner Mutter, noch meinem Mann, oder irgendwem sonst.

Ein paar Tage ohne meine liebe Freundin waren, als würde ein Familienmitglied fehlen.

Wer jemals eine wirklich gute Freundin hatte, kennt dieses Gefühl. Nichts kann die beste Freundin ersetzen.

Wir lachten unglaublich viel, lästerten und wir weinten als bei Manuela eines Tages Brustkrebs festgestellt wurde. Für beide Familien war die Nachricht ein Schock, doch glücklicherweise war der Krebs nicht aggressiv.

Nicht erst zu dieser Zeit begannen unsere Unterhaltungen über den Tod und das Sterben. Doch jetzt war das Thema präsenter als jemals zuvor.

Während ich seit langem eher dem Glauben an ein Leben nach dem Tod zugeneigt war, gab sich Manuela eigentlich für alles offen und hörte sich gern an, was ich aus Büchern, Erzählungen oder selbst Erlebtem zu berichten hatte. Mir tat das sehr gut, denn für solche Themen, für Mystisches und Übersinnliches hatte es nie einen ernsthaften Gesprächspartner für mich gegeben. Mein damaliger Mann wollte von solchen Dingen nichts wissen und machte sich über meine Ansichten nur lustig. „Darüber reden wir, wenn wir alt sind," war seine Ansicht. So halten es ja viele Menschen und warum ich mich öfter als andere dem Thema widmete, wusste ich selbst nicht so genau.

Auf jeden Fall sah ich die Angelegenheit um Tod und Sterben frei nach Cicero - „Ich weiß, dass ich nichts weiß."

Dass tot sein nicht schlimm sein kann, da waren wir uns beide einig, meine Freundin und ich. Nur, wie konnte man sicher sein? „Wenn man tot ist, ist man tot. Dann ist einfach gar nichts mehr." „Meinst du Ela? Vielleicht ist das ja auch ein Irrtum. Es kann wohl sein, aber genau so gut kann sein, dass noch etwas kommt." Manuela lachte. „Was meinst du was da noch kommen könnte?" „Keine Ahnung. Ein neues Leben in der Zukunft oder einem Paralleluniversum vielleicht? Immerhin glauben viele genau das. Außerdem – Materie vergeht nicht. Die Erde ist immer im Gleichgewicht, egal wie viele Menschen sterben. Dein Körper vergeht und geht in Erde über, in die Tiere, die Würmer, die an dir nagen. Was aber ist mit dem Geist? Einfach so futsch? Wenn die Körperfunktionen nicht mehr laufen, stirbt auch das Spirituelle? Das Bewusstsein? Die Seele?"
„Ich denke mal, dass es so kommen könnte." „Ja Ela, du sagst es. Könnte! Aber niemand weiß es. Mir können Wissenschaftler erzählen was sie wollen. Zurück gekommen ist schließlich noch niemand, aber was heißt das schon. Wie viele Menschen hatten Nahtoderfahrungen und wie oft haben sich diese Erlebnisse geglichen? Wenn ich davon auch nicht direkt etwas ableiten würde, so ist es zumindest bemerkenswert."

„Eines Tages werden wir es wissen Ella. Eines Tages und dieser Tag wird hoffentlich noch sehr lange auf sich warten lassen."
„Oh ja. Da sagst du was. Wir wollen doch beide hundert werden."

So oder ähnlich muss das Gespräch verlaufen sein, als wir uns schließlich versprachen, dass diejenige, die zuerst sterben würde, sich nach ihrem Tod bei der anderen bemerkbar machen sollte. Wir lachten dabei und zwinkerten uns zu. Doch war es ernst gemeint.

Die Jahre vergingen. Katja war bereits ausgezogen, verheiratet und Mutter. Ich war geschieden, als ich einen Mann kennen lernte und mich neu verliebte. Da dieser Mann in fünfhundert Kilometern Entfernung lebte und wir uns häufig gegenseitig besuchten, hatte ich immer weniger Zeit für meine Freundin. Die Wochenenden verbrachte ich nun meist mit ihm.

Im Laufe von zwei Jahren wurden unsere gegenseitigen Besuche seltener, gemeinsame Unternehmungen immer rarer. Die Freundschaft blieb aber dennoch erhalten.

Mein Freund machte mir einen Heiratsantrag und ich nahm ihn an. Da ihm ein Umzug unmöglich war, zog ich zu ihm.
Ich will nicht sagen, dass Manuela mir das übel nahm, traurig war sie aber ganz sicher. Und ich war das auch.
Doch wie es so ist, wenn man verliebt ist – und ich kann sagen, dass ich das war – singen die Vögel so laut, tanzen die Schmetterlinge so bunt, dass man so manches um sich herum vergisst und das Leben geht seinen Weg, führt durch Täler und über Berge und Veränderungen gehören immer dazu.

Telefonate gab es zwischen uns Freundinnen natürlich weiterhin, stundenlang oftmals und wir erzählten uns immer noch was so alles passierte und tauschten Ratschläge und Neuigkeiten aus.

Manuela hatte mich inzwischen auch schon ein paar mal besucht, obwohl sie es hasste zu reisen, besonders allein. Sie war zu ängstlich auf der Autobahn zu fahren und kam daher immer mit dem Zug.
Wiederholt hatte sie mich zu sich eingeladen. Doch irgendwie

schaffte ich es nie. Immer wieder schob ich einen Besuch auf.

Im Mai des betreffenden Jahres sollte es dann aber soweit sein. Für eine ganze Woche hatte ich mich bei Manuela angekündigt und die Freude war auf beiden Seiten groß. Alle „alten Plätze" wollten wir abklappern und Manuela mir viele neue Geschäfte und Cafés zeigen.

Kurz bevor ich fahren wollte, sagte sich jedoch unerwarteter Besuch aus Kanada bei uns an. Verwandte meines jetzigen Mannes, die auf Rundreise durch Deutschland waren und ein paar Tage bei uns verbringen wollten. Was sollte ich tun? Natürlich freuten wir uns auch darauf und mein Mann erwartete von mir zu bleiben.

Wie oft trifft man im Leben Entscheidungen, die man später bereut! Wie oft heißt es: Hinterher ist man immer klüger! Ja, hätte ich gewusst wie alles kommt, ich hätte anders entschieden. Doch in die Zukunft schauen kann niemand.

Zwei Tage vor meiner geplanten Reise sagte ich Manuela schweren Herzens ab. Sie reagierte empört und enttäuscht zugleich und es tat mir unendlich leid. Mein Herz wollte zu ihr, mein Verstand lenkte das Gespräch jedoch in eine andere Richtung.

Wie eigentlich immer regte sich Manuela schnell wieder ab, war verständnisvoll und meinte, sie wolle versuchen den genehmigten Urlaub wieder zurück zu geben und wir könnten unsere gemeinsame Woche ja verschieben.

Mir fiel ein großer Stein vom Herzen.

Unser nächstes Telefonat verlief dann auch ganz normal und aufgrund eines neu festgesetzten Besuchstermins waren meine Schuldgefühle gänzlich verschwunden. Wir plauderten über dies und das und was wir alles unternehmen wollten, wenn ich

Manuela und die Stadt, in der ich lange Jahre gelebt hatte und in welcher meine Tochter aufgewachsen war, endlich besuchen würde. Es war ein schönes, leichtes und entspanntes Gespräch. Deshalb passte die Verabschiedung irgendwie so gar nicht. Ganz ohne Ausnahme hatten wir uns bei jedem Telefonat lieb und fröhlich voneinander verabschiedet, immer mit dem Hinweis, wann wir wieder miteinander sprechen wollten. Das klang ungefähr so: „Ok, lass uns nächsten Mittwoch wieder telefonieren. Ich rufe dich an." „Ja, ok, Mittwoch gegen Abend. Du rufst an. Bis dann meine Liebe." „Ja, eine schöne Woche für dich. Bis Mittwoch. Ich freu mich. Hab eine schöne Woche." „Du auch!"

Dieses mal verabschiedete ich mich ganz ähnlich von Manuela, mit einem Hinweis, wann ich sie wieder anrufen wollte. Bei ihr aber schien sich die Stimmung ganz plötzlich zu wandeln. Sie zischte böse durch´s Telefon: „Jaja, wir telefonieren irgendwann wieder" und schwubbs hatte sie aufgelegt. Ich war ganz perplex und verunsichert. Sollte ich noch einmal anrufen und fragen, was los ist? Ich tat es nicht.

Und doch ließ es mir keine Ruhe.

Am sechsten April, es war ein wunderschöner, warmer Frühlingstag, vier Tage nach unserem letzten Gespräch, klingelte es an meiner Haustür. Mein Mann war auf der Arbeit. Gerade hatte ich mein Mittagsgeschirr in den Geschirrspüler gestapelt und wollte mich ein wenig in die Sonne setzen.
Durch die Glasscheibe in der Haustür sah ich eine blonde Person und war auf´s Äußerste überrascht, als ich erkannte, dass es Manuela war. Eigentlich hatte sie das Haar immer dunkel getragen.
Mein Herz machte einen Hüpfer und voller Freude öffnete ich die Tür.
„Ela! Ich glaube es nicht! Ela mit blonden Haaren! Wie kommt es....?"

Ich breitete meine Arme aus und ging auf sie zu. Sie lachte, trat jedoch schnell einen Schritt zurück. „Tut mir leid, Ella. Komm mir nicht zu nah! Ich bin erkältet! Aber ist das eine Überraschung?"

„Oh", entfuhr es mir und ich hielt inne. Doch freute ich mich sehr meine Freundin zu sehen.

„Oh ja! Eine wunderbare Überraschung! Ich bin ganz … komm erst mal rein. Oh ich freue mich so!" Ich wollte sie wieder umarmen, doch dachte ich schnell daran, was sie gesagt hatte.

Im Flur sah sie sich um. „Hier hat sich ja glücklicherweise nichts verändert. Wann war ich das letzte mal hier?" „Na ein Jahr ist das schon wieder her. So lange haben wir uns nicht gesehen."

„Ein Jahr schon. Ja, die Zeit vergeht."

Manuela erzählte mir, dass sie beabsichtigte auf eine Reise zu gehen, mich vorher aber noch einmal sehen wollte und weil es nun wieder nicht klappen würde mit unserem Treffen – ihre Reise sollte alsbald beginnen – wollte sie mir diese Nachricht persönlich überbringen.

„Wie bist du denn her gekommen? Mit dem Zug? Ich hätte dich abholen können! Hast mir einfach gar nichts gesagt, du!"
„Nein nein, es sollte ja auch eine Überraschung sein und das ging gut mit dem Zug und dem Taxi."
Manuela lachte.
„Aber wie kommt es, meine liebe Freundin, dass du auf Reisen gehst? Hast du jemanden kennen gelernt?"
Ich wusste, dass Manuela seit vielen Jahren des Alleinseins hoffte, noch einmal einen Mann zu treffen mit dem sie glücklich sein konnte.
Doch sie winkte ab. „Nein nein. Kein Mann. Ich will einfach mal eine Zeit für mich sein und etwas anderes sehen."

Wir hatten uns auf die Terrasse unter den Sonnenschirm gesetzt und ich hatte Kaffee gemacht. Der Tag war herrlich, ganz ruhig, windstill und warm. Nur der Bauer, der das Feld neben unserem Grundstück bewirtschaftete, fuhr mit seinem knatternden Traktor am Garten vorbei und grüßte von weitem.

Es dauerte nicht lange, da waren Manuela und ich ganz in ein Gespräch vertieft. Wir plauderten über unsere gemeinsame Zeit und unsere wertvolle Freundschaft, über all jenes, das wir zusammen erlebt hatten und was es Neues gab. Wir waren einfach ein richtig gutes Gespann gewesen, haben uns ergänzt und hatten so viel Spaß, dass ich jetzt fast bedauerte, umgezogen zu sein, denn hier war ich doch recht einsam.
„Weißt du noch," sprach Manuela „die vielen Silvester, die wir zusammen gefeiert haben, als unsere Mädchen noch zu klein waren, dass man sie alleine lassen wollte? Und die Flohmärkte? Für mich war das eine so schöne Zeit." „Oh ja Ela. Ich denke oft daran und ich vermisse das auch sehr," gab ich wehmütig und ehrlich zurück.

„Als du dein kaputtes Auto verkauft hast und einfach abgehauen bist, bevor der Käufer eine Probefahrt machen konnte?"

„Hör auf! Das war gemein von mir." Wir lachten. „Ja! Das war es. So gemein. Was haben wir alles erlebt. Schöne Jahre waren das. Und geredet haben wir ja auch immer über alles."
„Ja Ela. Das tun wir ja heute noch, wenn auch telefonisch."
„Ja, da hast du Recht. Das tun wir immer noch." Und nach einer kleinen Pause meinte sie: „Wir haben uns sogar versprochen, uns nach dem Tod zu besuchen!" Manuela schüttelte schmunzelnd den Kopf. Ich nickte dramatisch. „Ja Manuela, ich weiß. Ich hab das auch nicht vergessen. Das bleibt dabei. Versprochen ist versprochen. Wer zuerst stirbt - so ist es vereinbart. Nicht vergessen." Sie lachte wieder. „Nein, das werde ich nicht vergessen. Und du hoffentlich auch nicht. Du hast ja immer gemeint, nach dem Tod geht der Spaß erst richtig los!"

„Genau! Es könnte zumindest sein." „Ja ne? Und warum Angst haben, oder den Tod fürchten? Immerhin besteht zu fünfzig Prozent die Wahrscheinlichkeit, dass da noch was kommt, meintest du immer. Party!"
„Genau so ist es. Warum sollte das etwas Schlechtes sein? Ich geh´ davon aus, dass es sehr spaßig werden wird," antwortete ich gut gelaunt. „Positiv denken. Warum sollte man sich verrückt machen? Man weiß ja doch nichts."

Manuela nickte und lachte. „Genau. Das sage ich dir. Es wird bestimmt alles noch viel schöner."

Der Bauer kam auf seinem Traktor sitzend zurück, sah aber nicht zu uns herüber.

„Du trinkst ja gar nichts," stellte ich fest, denn Manuelas Tasse war noch voll. „Ach ja, weißt du, ich sagte doch schon, dass ich mich nicht so wohl fühle. Ich mag gar nichts essen oder trinken. Du weißt doch wie das ist, wenn man erkältet ist." Ich nickte. Wenn man erkältet ist, hat man auf nichts Appetit. Das kennt wohl jeder.

Sie lehnte auch alles andere ab, ließ sich aber ein Glas Wasser bringen.

Bald darauf sah sie auf die Uhr. „Ohje. Jetzt muss ich aber."

„Was?" Ich war fast noch mehr erstaunt, als über den unerwarteten Besuch.
„Ich dachte du bleibst über Nacht! Wieso willst du schon wieder los?" Das konnte ich gar nicht verstehen.

„Schon morgen will ich meine Reise antreten, also muss ich heute noch zurück. Ich hatte mir das Taxi vorhin schon bestellt. Es wird in ein paar Minuten hier sein."

Ich war enttäuscht, dachte jedoch daran, wie ich mit ihr umgegangen war. So versuchte ich einfach ihre Entscheidung zu akzeptieren.

„Das tut mir aber leid, dass du schon gehen musst. Und die lange Fahrt nun wieder zurück."
„Ach, das macht mir nichts. Die Hinfahrt war außerordentlich komfortabel. Ich wollte dich nur unbedingt noch einmal sehen vor meiner Abreise und dir sagen, wie wichtig mir unsere Freundschaft ist, auch wenn ich gesundheitlich etwas angeschlagen bin."

Erneut vermied sie die Umarmung.

Wir standen vor der Haustür und warteten. „Nun, das Taxi sollte schon hier sein. Ich werde ihm ein Stück entgegen gehen. Ein paar Schritte werden mir gut tun. Ich hatte so wenig Bewegung heute."

„Mir gefallen deine blonden Haare übrigens sehr gut Ela." Sie lachte. „Ja, ne? Mal was ganz anderes. Hab ich noch nicht lange."

Ich wollte sie ein Stück begleiten, doch sie winkte ab. „Lass nur, das Taxi wird gleich kommen. Ich gehe schnellen Schrittes. Der Fahrer weiß ja, wie ich aussehe und wird mich auflesen."

Und schon war sie am Gartentor und auf der Straße und wie sie es gesagt hatte, ging sie schnellen Schrittes davon, während sie sich noch einmal umdrehte und mir lächelnd zuwinkte.

Bald war sie hinter den Kirschbäumen verschwunden, die in unserer Straße zu dieser Zeit in voller Blüte standen.

Allein zurück auf der Terrasse musste ich mich erst einmal sammeln, ob des überraschenden Besuchs und des ebenso überraschenden und plötzlichen Abschieds.

Ich räumte den Tisch ab und sah, dass Manuela auch von dem Wasser nichts getrunken hatte. Die Arme, krank, aber musste mich doch besuchen. Und das, wo sie am morgigen Tag verreisen wollte.

Als mein Mann nach Hause kam, berichtete ich ihm von dem wunderbaren Besuch. Er jedoch fand nichts Ungewöhnliches daran und so dachte ich auch nicht mehr darüber nach.

Auch die nächsten Tage verwöhnten uns mit Sonne und Wärme. Da ich nicht berufstätig war, seit ich bei meinem zweiten Mann lebte, hatte ich kaum Bekanntschaften gemacht und war viel allein. Im Winter war das manchmal recht langweilig, im Frühling und Sommer aber genoss ich Haus und Garten.

In der Erde zu arbeiten, zu säen, zu pflanzen und zu ernten machte mir ebenso viel Spaß wie das Mähen des Rasens, das Verschneiden der Rosen, das Hegen und Pflegen der Pflanzen. Ich hatte mir auch ein paar Hühner zugelegt und so hatten wir immer frische Eier. Auch zwei Katzen und ein kleiner Hund gehörten zur Familie.
Meine Tochter hatte längst ihr eigenes Leben und wohnte nicht mehr bei uns.

Leider hatte ich mich bei Manuela angesteckt. Bereits am Tag nach ihrem Besuch bekam ich fürchterliche Halsschmerzen und Fieber. Auch die Gelenke und der Kopf taten mir weh.
Nichts konnte ich tun. Drei Tage lang war ich völlig außer Gefecht gesetzt und schwitzte unter der Bettdecke. Seltsame Gedankenwirbel brachte das Fieber mit sich.
Schließlich taten Tabletten, Tee und viel Ruhe ihren Job und ich begann zu genesen.

Seit dem Besuch meiner Freundin waren fünf Tage vergangen,

als mein Telefon klingelte. Es war Katja.

Ein Schreck durchfuhr mich, denn ich dachte mir gleich, dass etwas passiert sein musste. Manuelas Tochter rief sonst niemals bei mir an.
Ihre Stimme zitterte, als sie mir unter Tränen mitteilte, dass ihre Mutter, meine liebste Freundin, gestern verstorben war.

Bereits in der vorigen Woche war sie mitten am Tag einfach umgefallen.
Scheinbar war sie auf dem Weg zum Einkauf, hatte das Auto schon aus der Garage gefahren, wollte diese wohl schließen und war deswegen wieder ausgestiegen. Sie lag direkt neben dem Auto auf den Steinen, die Einkaufstasche neben sich. Niemand hatte das bemerkt, obwohl sie in einer recht lebhaften Gegend wohnte.

Der Gebäudetrakt, in dem sich ihre Garage befand, war von hohen Hecken umgeben und keine Menschenseele war zu dieser Zeit in der Nähe. So weiß man nicht, wie lange Manuela dort gelegen hatte, bis sie von einer Nachbarin gefunden worden war.
Diese hatte sofort den Notarzt angerufen.
Leider war ein Jahr zuvor das örtliche Krankenhaus geschlossen worden und vielleicht war auch nicht klar wie schlimm es um Manuela stand. Der Notarzt musste aus der nächstgelegenen Stadt kommen und mit Manuela auch dort hin wieder zurück fahren, was fast zwei Stunden beanspruchte.
Anhand des MRT hatte man dann eine tragische Diagnose gestellt.

„Der Arzt meinte, große Teile des Gehirns wären zerstört und selbst wenn man Mama an Schläuchen hätte weiterleben lassen, wäre sie nie mehr geworden wie sie war, sondern hätte wie eine Pflanze dahin vegetiert. Das hätte sie nicht gewollt und das hat sie nicht verdient. So haben wir uns gestern entschlossen, die

Geräte abstellen zu lassen." Katja schluchzte.

„Oh Katja. Mir fehlen die Worte. Ich weiß nicht was ich sagen soll. Es ist so schrecklich."

Wir konnten beide kaum reden. Mir ging so viel durch den Kopf. Manuelas letzter Besuch bei mir, ihre neue Frisur und dass ich sie nicht mal zum Bahnhof gebracht hatte. Gerade noch war sie bei mir und nun war sie tot. Letzte Woche schon. Da war sie doch bei mir gewesen. Gestern war sie gestorben?

„Wann genau ist das denn passiert Katja? Deine Mama war doch letzte Woche noch bei mir, bevor sie ihre Reise antreten wollte."

Es gab eine Pause. „Wie, was denn für eine Reise?" fragte Katja, offensichtlich irritiert.

„Warte mal. Ja. Ich war zwar krank, aber ja. Sie war am Mittwoch bei mir. Plötzlich stand sie vor der Tür. Ich hab mich so gewundert. Und so schnell wie sie gekommen war, war sie auch wieder weg. Wollte nicht mal, dass ich sie zum Bahnhof bringe."

„Letzten Mittwoch? Machst du Witze?" entfuhr es Katja ungläubig.
„Was redest du da? Sie war nicht weg von hier. Und letzten Mittwoch kann sowieso nicht sein. Da ist das doch passiert!"

Ich überlegte noch einmal, wusste aber ganz genau, dass es am Mittwoch gewesen war, als Manuela mir ihren Kurzbesuch abgestattet hatte.

„Doch, ich bin ganz sicher. Es war am Mittwoch, Moment mal", ich sah auf den Kalender an der Wand, „am sechsten April um die Mittagszeit, es muss ungefähr um dreizehn Uhr gewesen sein. Ich war gerade mit dem Mittagessen fertig."

Wieder gab es eine Pause und zwar eine ziemlich lange.

„Ella, ich weiß nicht, was du mir da erzählen willst. Mama wurde um zehn nach eins aufgefunden, vor ihrer Garage. Sie war einfach umgefallen. Schlaganfall. Und niemand war zu der Zeit in der Nähe. Die Nachbarin hat sie gefunden und sie war gar nicht mehr ansprechbar.
Seit dem ist sie nicht wieder aufgewacht und hing nur an Geräten. Sie kann nicht bei dir gewesen sein. Ich weiß nicht, was du da redest. Außerdem hätte sie mir gesagt, wenn sie zu dir gefahren wäre. Du weißt doch wie Mama war. Mir fehlen die Worte. Ich weiß nicht was du dir da einbildest und ich hab da jetzt auch keinen Bock drauf. Tut mir leid, aber ich bin fix und fertig."

Mir blieb nichts anderes, als in Erwägung zu ziehen, dass ich mich geirrt habe, ohne das weiter erklären zu können, weil es ja auch nicht stimmte Es war auch gar nicht nötig, etwas zu erklären. In manchen Situationen merkt man, dass eigentlich völlig egal ist was man noch zu sagen hat. Es interessiert den anderen nicht. Der andere ist so mit sich selbst beschäftigt, dass keine Rolle spielt was da noch sein könnte.

Wir verabschiedeten uns.

Aber was war mit mir? Zwar hatte ich Katja gesagt, dass ich mich dann wohl geirrt habe, doch wusste ich ja ganz genau, dass dem so nicht war. Hin und her überlegte ich und kam doch zu keinem anderen Ergebnis.

Was – in Gottes Namen – hatte ich da bloß erlebt?
Ich wusste, was gewesen war. Manuela hatte hier gesessen, auf meiner Terrasse, unter dem Sonnenschirm, mit mir zusammen. Wir hatten geredet. Ich hatte meinem Mann von ihrem Besuch erzählt. Nur, wer außer mir hatte sie gesehen?

Ich war allein zu Haus, als sie vor der Tür gestanden hatte. Das Taxi war schon weg. Da wir keine direkten Nachbarn haben, kann sie auch kein Nachbar gesehen haben.
Auch als sie ging, sah ich das Taxi nicht.

Sie hatte nichts gegessen und nicht einmal etwas getrunken. Ich hatte mich nicht, wie sonst, mit einer Umarmung von ihr verabschiedet, da sie nicht ganz gesund war und mir nicht nahe kommen wollte, um mich nicht anzustecken.

War es etwa der Infekt, der mich trotz allem erwischt und bereits am Tag nach ihrem Besuch zu Bett gezwungen hatte?
Ich zermarterte mir den Kopf. Als mein Mann nach Hause kam, erzählte ich ihm natürlich sofort von Manuelas Tod, ohne auf Einzelheiten einzugehen. Er meinte nur sehr verwundert, dass sie das wohl schon gespürt haben muss, da sie mich so seltsam und unangemeldet besucht hatte.

Das konnte ich bestätigen, wollte aber nichts von dem erzählen, was in meinen Gedanken vor sich ging. Er hätte dafür kein Verständnis gehabt. So war ich ganz allein mit meinen Überlegungen, versuchte immer und immer wieder den Besuch Revue passieren zu lassen auf der Suche nach einem Anhaltspunkt, der Aufklärung bringen würde. Immer wieder schaute ich auf den Kalender und rechnete die Tage zurück. Immer wieder war das Ergebnis das gleiche. Es war sicher. Mittwoch. Nichts und niemand konnte helfen. Es würde ein Rätsel bleiben und ich für immer damit leben müssen.

Da fiel mir ein, dass ja der Bauer vorbei gekommen war, als ich mit meiner Freundin auf der Terrasse saß. Er hatte auch gegrüßt, so, wie er es immer tat, wenn er vorbei fuhr, obwohl ich ihn gar nicht weiter kannte.
Das war die Lösung. Er musste Manuela gesehen haben.
Vielleicht war Katja ja so durcheinander, dass sie die Daten verwechselt hatte. Nur so kann es doch sein. Ich war erleichtert.

Auch wenn er bei seiner Rückfahrt nicht zu uns herüber gesehen hatte, bei der Hinfahrt hatte er gegrüßt.

Am nächsten Tag wollte ich zu dem Bauern fahren. Ich war so aufgeregt, dass ich nicht schlafen konnte. Es war zu schrecklich, dass meine allerliebste, einzige Freundin tot war. Ich weiß nicht was mich mehr bedrückte und wach hielt, ihr Tod, oder die Ungewissheit über das, was ich erlebt hatte. Immer wieder sah ich auf die Uhr und machte mich schon sehr früh auf den Weg.

Der Bauer erinnerte sich an den Tag, da es der einzige war, an dem er seit längerem an unserem Grundstück vorbei gefahren war. Er hatte ein paar Kühe auf der Wiese zu stehen, um welche er sich immer wieder einmal kümmern musste.

„Ich habe Sie da gesehen. Ja sicher. Ich erinnere mich. Ich hatte ja noch herüber gewunken." „Ja. Das hatten Sie. Wie immer", freute ich mich.
„Ja und Sie haben sich mit jemandem unterhalten. Das habe ich auch gesehen. Nur konnte ich von meiner Position aus nicht sehen wer es war. Der Sonnenschirm war sozusagen im Weg und verdeckte die andere Ecke des Tisches." Der Bauer grübelte. „Ja also. Genau genommen habe ich nur Sie gesehen." Fragend sah er mich an.

Ganz sicher kam ihm meine Frage seltsam vor, sollte ich doch wissen mit wem ich vor ein paar Tagen auf meiner Terrasse gesessen hatte. Meine Erklärungsversuche machten das nicht besser, sein irritierter Gesichtsausdruck blieb mir nicht verborgen.
Da ich mir aber nichts zurecht gelegt hatte, beließ ich es dabei und bat ihn einfach, sich nicht zu sehr zu wundern.

Enttäuscht fuhr ich nach Hause und musste mich mit dem zufrieden geben, was er gesagt hatte. Ich hatte mich mit jemandem unterhalten. Würde nicht irgendein Zufall eine Lösung bringen, würde ich niemals erfahren, was geschehen war. Meine letzte Chance war dahin.

Und wenn da niemand war mit mir?
Nicht auszudenken, ja gar nicht möglich und auf´s Äußerste zweifelhaft war der Gedanke, ich könnte es mit etwas sehr Außergewöhnlichem zu tun gehabt haben, von dem ich mich nicht getraute, es zu Ende zu denken. Es war nicht Alltäglich, was hier geschehen war, es war unerklärlich.

Manuela wurde eingeäschert und natürlich fuhren wir zur Trauerfeier. Wegen eines Staus kamen wir zu spät und ich hatte erst nach den Feierlichkeiten Gelegenheit, Katja persönlich mein Beileid auszusprechen und ein paar Worte mit ihr zu wechseln. Wir lagen uns lange in den Armen, schluchzten und weinten. Später setzte sie sich zu uns.

Es stellte sich heraus, dass es von den Daten her genau so gewesen war, wie Katja mir am Telefon beteuert hatte. In den letzten Wochen hatte ich mir so sehr den Kopf zermartert und war zudem so ergriffen, dass ich nur Leere empfinden konnte.

Katja berichtete von Manuelas letzten Tagen im Krankenhaus und in welchem Zwiespalt sie gewesen war, da sie eine Entscheidung hatte treffen müssen.
„Weißt du, es ist so grausam, wenn man über Tod oder Leben seiner geliebten Mutter entscheiden muss," beteuerte sie unter Tränen. „Das ist so furchtbar. Nur, weißt du, sie war ja eigentlich gar nicht mehr am Leben." Katja putzte sich die Nase. „Sie lag zwar da, doch die Atmung funktionierte nur noch durch Maschinen. Sie wäre dort für ewig liegen geblieben und hätte nur noch verdaut. Ist das Leben?" Sie sah mich mit verweinten Augen an.
Ich schüttelte den Kopf und hoffte, dass sie unser Gespräch tatsächlich vergessen, oder zumindest verdrängt hatte. Scheinbar war es so.

„Ich kann dir ein paar Fotos zeigen von Mama. Wir haben im Krankenhaus noch ein paar letzte Bilder von ihr gemacht."
Wollte ich das? Ja, ich wollte es. Katja kramte in ihrer Tasche und holte ihr Handy hervor.

Als ich auf das Display des Telefons sah, fühlte ich etwas wie einen kräftigen Hieb auf meinen Brustkorb und ich glaube, meine Atmung setzte für einen Moment aus. Meine Augen weiteten sich.
Die Antwort, auf die ich gehofft hatte, gaben mir die letzten Bilder meiner Freundin.
Auf den Fotos sah man Manuela liegen, mit einem Schlauch im Mund, Kabeln in den Armen, die Augen geschlossen, an ein Krankenhausbett gefesselt.
Meine Freundin lag dort in einer Welt zwischen Leben und Tod, mit dem Leben nur noch dank moderner Hilfsmittel verbunden. Ihr Körper, ohne Kraft, die Augen geschlossen. So vertraut und doch so anders.

Es war ihr Haar. Es war immer dunkel gewesen. Erst als sie mich ein letztes mal besuchte, sah ich sie mit blonder Frisur. Und genau das war es, was ich hier auf den letzten Bildern von meiner Freundin sah. Manuela mit blondem Haar.

An dem Tag, als sie um ungefähr dreizehn Uhr ins Koma gefallen war, hatte ich Besuch bekommen.
Es war ein ganz besonderer Besuch, noch viel außergewöhnlicher, als ich ihn sowieso schon empfunden hatte, denn es war der Besuch eines Gespenstes.

Plötzlich war alles ganz klar. Manuela hatte unser Versprechen eingehalten und mich nach ihrem Tod besucht. Ein allerletztes mal.
Ich wurde ruhig und alles war jetzt ganz klar.

Ich danke dir, meine beste Freundin.

Hab keine Angst!

1. frei nach Henri J. M. Nouven, Die Gabe der Vollendung. Mit dem Sterben leben, Freiburg: Herder 1994, S. 36-37 „Dialog der Zwillinge im Mutterleib"